新詩的智慧

吳當 著

爾雅出版社印行

新詩的智慧

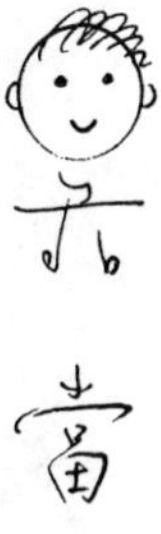

詩的魅力

——試析向明〈瘤〉

瘤

你是潛藏于體內的
欲除之而後快的
那一種瘤
是一種年久無法治癒的
絕症
除了灰飛煙滅

你絕不只過敏于花粉
夏秋間
一只蟬脫蛻時的痙攣
你也痙攣

•••

而且，你頑固如掌上的一枚繭
剝去一層
另一層
又已懷孕

•••

我吸取天地之精華
你吸取我
我口含閃電
你發出雷鳴

我胸中藏火
你燃之成燈
．．．
最後，你無非是
要把我瘦成一張薄薄的紙
紙上的一些什麼
凡掃過的日月
競相含淚驚呼
這才是詩

——選自《向明自選集》

【賞析】

藝術，是人類心靈的偉大工程，文學也是其中的一環。融合思想，昇華感情，譜成動人的作品，唯有藝術能超越時空，歷久彌新，成為人們心靈的滋養。而文學作品以文字抒發生命的歌唱，流傳廣泛，影響最為深遠。自古以來，多少人埋首耕耘，留下心靈智慧的火花，永不後悔。這首作品即是作者對文學熱愛的自剖，是對詩無盡的情志與追求。

這首詩並未從主題切入，而是先以瘤爲譬，循序漸進，最後點出答案：是作者對詩永恆的愛。是一首婉轉、間接象徵的作品。

首先，將詩譬喻成人身上的瘤。瘤的處境最爲尷尬：它由人體所生，卻又是不受人歡迎的贅肉；一旦成爲惡性腫瘤，又有奪命之虞，所以說「欲除之而後快」。而詩對人而言，也有同樣的處境：它由人心深處醞釀而生，執迷處，讓人廢寢忘食；爲辦詩刊、活動，甚至傾其所有，或舉債度日。儘管如此，詩卻無法提供物質生活所需，想要「除之而後快」，可是一旦與之爲友，卻又無怨無悔，至死不渝。

第二段，說明詩人敏銳的感觸。春花秋月，夏日冬雪，宇宙萬物，莫不激盪成詩。詩人的心，爲黃河長江、叢山峻嶺這些浩瀚的山水所撼動，像「黃河遠上白雲間，一片孤城萬仞山」、「無邊落木蕭蕭下，不盡長江滾滾來」；也像作者一樣，爲花粉、蟬蛻的小事而生情：天地間的風景，皆成筆下萬種光華。至此，詩不但是萬物的投影，也是情感的殿堂。

詩這種醞釀發酵的過程，是循環反覆、無窮無盡的，只要詩人的心永遠向外敞開，就會有源源不斷的靈思與創作的源頭。所以在第三段，作者又說它「頑固如掌上的一枚繭／剝去一層／另一層／又已懷孕」這句「又已懷孕」的現象，說明作者對詩永恆的喜愛與追求。這種情愛，也是所有藝術工作者共同的特質。藝術的心靈，爲那一個令人仰望的精神的金字塔努力，永不止息。

第四段，說明詩在心靈醞釀淬鍊的過程。詩是作者思想與感情的結晶，心靈的智慧，化爲文字的火花，接受天地間最自然，也是最無情的洗禮。它的價值，取決於個人思想、感情的良窳，所以必須於天地之間吸取精華，才能釀爲醇美的詩句。詩人化生命的血液爲文字的長河，在時光的洪流中才能成爲一盞覺世的明燈。

經由這樣的淬鍊，心成爲詩的俘虜，成爲一生無怨無悔的追求。它不會變出麵包，卻是精神甜蜜的滋養。泉湧的靈思，成爲一張張薄薄的詩頁，這詩頁是詩人血淚的結晶，是詩人情思的日月山川，是生命裡的驚呼。

詩人爲我們織就了一個溫馨的世界，讓人在物慾橫流的世界中，有一處安詳的歸宿。在人生的旅程中，因爲有了這樣熱切追求藝術的過程，生命才現出璀璨的光芒，成爲永不凋謝的花朵。

山水有情詩

——試析羅青〈島嶼之歌〉鍾玲〈隔一層水波、飛濺、山霧、日落時分〉余光中〈雲之午夢、至尊、青睞〉席慕蓉〈恨晚、雕刀〉

島嶼之歌

羅　青

我向天邊不斷的眺望
不斷在冷藍的天壁上
碰斷了翅膀
・
・
・
翅膀不斷的落入浪花

漂浮在湛藍的大海上
化成一座又一座的島嶼
・・・
接引我
以跳島的方式
一步一步，到達天邊

——選自《蘭嶼頌》・行政院原子能委員會

【賞析】

這首詩，透過對島的想像，賦予人生奮鬥的方向。

首段，把自己比喻成飛翔的鳥兒。鳥兒張開雙翼，遨遊在生命的晴空中。眼界是高遠的，他不斷的向天邊眺望。但也許是理想過高，經驗不足，在現實的環境中，翅膀被碰斷了，理想遭遇到了挫折。

次段，寫受挫後的心情。作者並未被困難擊倒，虛浮的翅膀，落入現實的浪花中，轉化成踏實的階梯。這是樂觀的靈魂對生命的態度。

末段，利用想像的作用，將連綿的島嶼，化成人生紮實的腳步，穩固的實現理想的夢。

奮鬥的人生中，難免會遇到挫折，如果能以挫折爲師，轉化生命的態度，那麼，挫折再也不是挫折，而是成功的階梯。這首詩，把對島嶼的想像，比喻成人生成功的墊腳石。利用中段的轉換，扭轉了人生的態度，把首段的失意、消沉，化成末段成功的喜悅，使首尾呼應，組織完密，寓意深遠。

成功與失敗，其實只在一念之間，能夠站起來，就能獲致永恆的喜悅；如果只是在陰暗的角落自怨自艾，永遠只能獨飲失敗的苦酒。〈島嶼之歌〉，歌頌的是奮鬥的人生、成功的人生。

隔一層水波

鍾　玲

最美的是什麼？
饅頭山是天地之間
一個令人驚嘆的頓號。

白雲是夢中
湧出的懷鄉思潮。
深深望著你的海波啊
是全球藍眸子情人
眼中溢出的情愛。
不，最美的是隔一層
水波下的礁石
熱帶魚有多少姿多少彩
珊瑚就踏多少種舞步款擺。
瞧不清楚的美
才最耐看。

——選自《蘭嶼頌》·行政院原子能委員會

【賞析】

饅頭山是蘭嶼一個相當獨特的景緻。高聳的岩柱，矗立在大海中，令人嘆爲觀止。作者用「一個令人驚嘆的頓號」來比喻，十分貼切。

其次，將飄揚、不定的白雲借爲夢中懷鄉的思潮，說明懷鄉的愁悵，是經常游移在心中的精靈，雖不至於氾濫成災，也永遠揮之不去。

鏡頭由天空接著往下移動到包著饅頭山的大海。山與海自古即是永遠的情人，海水輕拍岩壁，輕輕唱著動人的戀歌，所以作者說：湛藍的海波，是全球藍眸子情人眼中溢出的情愛，海的深情，幾乎令人無法承受了。這種想像，美得讓人無法呼吸。

清晰的水面風景，如此令人讚嘆，作者卻又說，最美的不在此，而是在水面下那個更多彩多姿的世界。五彩的熱帶魚，是天地間最美的傑作，你的想像有多美，牠就有多美；而珊瑚、海葵、昆布隨著海潮的流動，柔腰款擺，舞姿又是多麼美妙，多麼引人遐思。在毫無汙染的蘭嶼裡，這是最珍貴的、又取之不盡的寶藏。

最後兩句，頗有深意。美的定義，各有不同，但是物品無論再美，總有極致，如能兼具想像之美，美麗，就會有更大的空間，更永恆的生命。

隔一層水波，有兩種面貌：水波之上，是燦爛的風景，是深濃的山水之情；而水波之下，有另一個更美的世界在躍動，需要我們用「心」去體會，用「情」去關愛。

隔一層水波看世界，世界變得更奇妙！

飛濺

鍾玲

液體，像涼涼的眼淚
可以化為無堅不摧的利器
攻破最鐵石的心腸。
液體，像初春的潮水
可以化為冰冰的雪片
給狂風吹得飛濺
撲入黧黑的胸膛
索求他的心竅。
總有一天，再堅定的礁石
也會訇訇崩潰

匍伏在柔柔的水波裡

——選自《蘭嶼頌》·行政院原子能委員會

【賞析】

這首詩是在詠讚水的無比的力量。

前三行，借用眼淚來說明。柔情的眼淚，自古以來，即是最堅强的利器。任何英雄，任何鐵石心腸，都可以被她化解。而水，即有這樣的力量。

其次，將水比喻成初春的潮水，能化解冬日的冰雪，成爲片片雪花，索求大地的熱，溶解在大地黧黑的胸膛裡。這部分，寫的雖是有形的冰雪，其實何嘗不能看做是對人間的渴望。現代的社會，忙碌、快速，天涯似乎若比鄰，但人際關係卻被封凍住了，亟需一條充滿溫熱的溪流，將它打破、溶化。而這條溪流在哪裡呢？其實就在我們的心中。

末段，用對比的方式，寫柔柔的水波能克服堅定的礁石。表現了水永恆的毅力。

水，看似柔弱，卻又剛强，只要有恆久的努力。

眼淚，看似平凡，卻又撼人心弦，因爲有綿長的深情。
溫熱的水，看似微小，卻又燦爛，只要能觸發、延燒。
飛濺的力量，不只是水，也是我們的情。

雲之午夢

余光中

雲是山午後的幻想
從潛意識的低壑
無中生有地升起
無論是近山的黝黑
或是遠出的蒼黛
午前還儼然肅穆的古貌
苦思著地質學深奧的問題
此刻忽然都飄飄浮起
那樣沈鬱的新康山

被它只輕輕地一托
怎麼竟已升到了半空
羣島和列嶼紛紛
都仰泳在自己的午夢

——選自《游目聘懷》·玉山出版社

【賞析】

山是雲的家；雲是山的親人。本詩在寫山與雲間親密的關係。

前三行，表現雲的特徵。將雲比喻成午後的幻想，是因爲雲縹緲的個性；幻想是無根的，所以雲的升起，也是無中生有，常見蒼翠的山巒，午後已快速的積滿雲層。

接著四行，透過想像，寫現實的山像苦思的哲人；而無論是怎樣的面貌，都在雲的輕托下，彷彿升到了半空中，突出的山峯，好似仰泳在雲海的大泳池裡，悠遊自在，如夢的輕靈、飄逸。想像之美，於此到了極致。

這首詩，透過想像寫雲與山的關係，沒有教化的影子，只在我們心中繪下一幅美麗的圖畫，和無限甜美的想像。

山霧

鍾　玲

我是山霧，赤著白亮的雙足
愛在山坡躖躂的輕霧。
清晨我藏身在溪裡
藏身在濕潤的林地
任殷勤的陽光暖我的身體。
過了正午才慵懶地起床
嫋嫋由谷地往上漫步。
我知道自己迷人惑人
尤其是對你們的眼睛。
我只要把面紗一揚
就給山林變幻出

千種面貌啊萬種迷濛。

——選自《游目騁懷》·玉山出版社

【賞析】

這首詩是利用山霧的自述，道出它的特性。前二行，自我介紹。「赤足白亮的雙足」中，可以看出山霧的俏皮、輕靈。三至五行寫清晨至正午起霧的變化情形。此時的山霧是悠閒的，甚至是慵懶的。

末五行寫山霧對自己萬種風情的自負，但她的自負卻是透過山林而表現，不但不會令人厭惡，反而因爲她的俏皮，而使人不覺莞爾。

像白紗的山霧，赤著白亮雙足充滿野性的山霧，悠閒的、慵懶的山霧，透過人的想像，有了更鮮活的生命。

山霧，不再是山霧，因爲有我們的心。

恨晚

席慕蓉

我的前身　本是高溫的熔岩
胸懷間有著誰也無法撲滅的熊熊烈焰
而你來何遲啊　你來何遲
·　·　·
在億萬年之後　此刻的我
只能是一塊痙攣扭曲形象荒謬的頑石
如你所見
只能是一部過往滄桑的記錄
只能是一種　凝固了的
具象的痛苦

——選自《水與石的對話》·太魯閣國家公園

【賞析】

這首詩，一方面在寫岩石，一方面在寫人世間無緣的感情。

第一段，用回溯法，寫岩石的前身。岩石，有許多是由熔岩所形成。初生時，胸懷間的熊熊烈焰，像青春的生命，繁花如夢，期待著一場驚天動地的情愛，可是「你來何遲啊　你來何遲」，說明了期待的落空。這種心情，多令人黯然神傷！

第二段，回到現實。熊熊烈焰，經過時間的冷卻，成爲一塊頑石。億萬年之後，滄桑的外表，只是歲月的紀錄。往日熾熱的情懷，只剩下痙攣扭曲的外貌，是緣分未到？還是宿命的悲劇？所以在凝固的形象裡，看到的是一種不圓滿的苦痛。這種苦楚，在現實的世界中並不難見，多少有情人，因錯誤而認識，卻又因了解而分開。「春蠶到死絲方盡，蠟炬成灰淚始乾」的海枯石爛，誓言白首，何處尋求？

「人生自是有情痴，此恨不關風與月」歐陽修的千古慨嘆，說是與風月無關，其實正是因爲風月而情痴難斷。岩石，不管高溫的熔岩，或是重壓的沉積岩，何嘗有愛與恨，是人類以有情的心，測度頑石的內在，頑石才變得情采飛揚，讓人隨之澎湃，隨之黯然。

恍忽間，不知作者真正寫的岩石，還是一段遙遠的愛情。

雕刀

席慕蓉

縱然你已去遠
想此刻又已隔了幾重山
我依然停頓在水流的中央
努力回溯　那剛剛過去的時光
・・・
想你從千里之遙奔赴到我的身邊
原也只爲了這一刻的低徊和繾綣
・・・
從雲到霧到雨露　最後匯成流泉
也不過只是爲了想讓這世界知道
反覆與堅持之後

柔水終成雕刀

——選自《水與石的對話》・太魯閣國家公園

【賞析】

席慕蓉擅長將自然事物人性化，〈恨晚〉如此，〈雕刀〉亦然。

溪流中的水與岩石，是何等親密。作者將他們視爲多情的男女，情愛，自然也就譜成了動人的詩篇。在堅定的岩石裡，在潺湲的流水中，輕唱著一首永恆的戀歌。

首段，透過岩石的回憶，帶出水的流動不息。磐石如山，流水悠然，是一幅穩定與飄浮的對比。

次段，用戀人的低徊和繾綣來説明水擁抱岩石的情形。千里之遙的奔赴，與一刻的繾綣，在現實中不啻天壤之別；但是千千萬萬的人們卻毫不畏卻，因爲奔赴千里，就是爲了一刻的甜蜜。空間和時間都無法阻隔。

末段，回到現實世界。反覆的流水，長期的雕琢，最後終於成了一把雕刀。這把刀，在堅硬的石頭上刻下了愛的印記，成了歲月最好的見證。

「努力回溯」是用心的表現，在曾經走過的路上，植滿甜蜜的花朵，回憶才會芬芳；「反覆」，生命才能生生不息，充滿衝勁；「堅持」，才會寫下山海般的成果。

柔水成爲雕刀；生命的柔水，也是一把雕刀，在旅途上刻下努力的痕跡、成功的歡笑。

至尊

余光中

三九五二，是你高貴的身材
白首天際是山族的至尊
一切仰望和指點的焦點
最早的金曦，最晚的赤霞
唯你崢嶸的絕頂獨戴
黑熊和石虎豈敢高攀
耐寒的圓柏也已放棄

更不提英雄的冷杉、鐵杉
夏天和春天再爬也難上
你肅靜的陡斜，只讓雪花
飛旋著六角的降落傘
皎白的空降部隊一夕自天而下

——選自《游目騁懷》·玉山出版社

【賞析】

「高山仰止，景行行止」，高山自古以來即是至尊，是一切仰望和指點的焦點。這首詩，起首就揭示了這一個現象。

三至十行，寫玉山主峯的特權與孤絕。由於至尊，可以迎接金曦，可以送走赤霞，大自然之美，盡收眼底，何等暢快！然而既是至尊，動物自然難以攀越，植物也已放棄，無所謂季節的變化，至尊此時承受的無邊的孤寂。

末四行，說明至尊唯有雪花長年的陪伴；而雪花，雖是皎白，卻又太過淒清，缺少人間的溫愛。至尊的處境，由此可知。

至尊，寫的當然不只是玉山的主峯，人間的至尊何嘗不是如此。既是先知，承受啓發生命的責任，就不可能隨波逐流；由於「先天下之憂而憂，後天下之樂而樂」，心中也永遠有卸不下的重擔。他獲得世人的讚美，卻也要忍受孤獨的奮鬥，走寂寞的道路。

玉山的至尊，獨享睥睨天下的豪情，卻也失去繽紛的生命；而人間的至尊，在繽紛的人間，背負生命的重擔，他們看似不同，卻都受到人們的仰望。

青睞

余光中

天藍得如此無奈地酷烈
遠處的雪峯也爲之低首了
而愈近高敻的穹頂
那藍色愈是懾人
誰敢目不轉睛地逼視
而不受永恆暗傷呢？

至少我不敢，這純然之藍
是藍給玉山的諸峯看的
原就無心啓示給凡眼
何況是久已習於紅塵
於是一排樹剪過影來
爲我遮一遮天之青睞

——選自《游目騁懷》・玉山出版社

【賞析】

傳說天帝創造世界時，把最純淨的藍塗抹在天空；然而人類卻製造了各種煙塵汙染了它。這首詩，就是面對藍天而反省的詩作。

「天藍得如此無奈地酷烈」是反面修飾的技巧。雪峯的皎白仍抵不過穹蒼的湛藍，因爲雪峯的皎白仍只是有限的範圍，而懾人的湛藍卻是漫天而來，氣勢浩大，令人不得不低首。

七至十行是一組對比。「純然之藍」是大自然的產物，只有大自然才配擁有。

習於紅塵的凡眼，不敢逼視，應該是源自心中的愧意吧。所以最後作者調侃的說：「剪過一排樹影，爲我遮一遮天之青睞」。面對宇宙這片最初的純淨之藍，作者心頭的震懾，應該是所有現代人的寫照吧！

天因爲熱愛世界，才送給人們無邊無際的藍；人們在無意間卻破壞了它。面對這種景象，人們豈能無動於衷？這首詩中，作者在看與不看之間的徘徊，令人感受到大自然的美和人類的無情，含有深切的寓意。

日落時分

鍾　玲

高山日落啊，淒艷而蒼茫！
白著臉的太陽一觸及山頭
就往山後頭匆匆趕路
把艷麗的色彩留給雲層
留給擠在峽谷的雲海。
那一大片雲海，紫金色

緩緩地散聚啊翻騰
翻騰有如我心中的不寧。
然後色素沉澱爲寶藍
比深沉的海洋更深沉
沉入我夢境黑暗的底層。

——選自《游目騁懷》·玉山出版社

【賞析】

落日，是大自然的美景之一。本詩前五行，是用擬人法描寫落日美麗又短暫的現象。

接著三行，情景交融。翻騰的紫金色的雲海，富麗多姿，如同作者華麗多感的心，由此賦予日落時分豐沛的情意。

末三行寫日落後的變化情形：萬物在黑夜中復歸於平靜，如同人在夢中，情感終歸於沉澱。

這首詩，在美麗的落日景色之中，夾著作者翻騰的情懷，讓我們懷想美麗的景色之餘，也感受到無限的情意。

落日是結束嗎?隨著第二天的日出，我們可以看到更多彩的外在與人靈動的內心世界。這就是大自然的美麗與偉大。

美麗與希望的小島

——試析陳義芝〈小島速寫〉

詩，以抒情言志爲主。寫景的佳作，則常於優美的景物中，寄寓了無限的深情與啓示。

情景交融，是中國山水作品的極致。〈岳陽樓記〉透過對洞庭湖湖光山色的狀述，感悟了「先天下之憂而憂，後天下之樂而樂」的聖賢情懷。柳宗元的〈永州八記〉，在優美的山水之中，昇華了貶謫的心情。散文如此，詩歌亦然。杜牧的〈江南春〉：「千里鶯啼綠映紅，水村山郭酒旗風。南朝四百八十寺，多少樓台煙雨中。」寄託了興亡的感慨。李商隱的〈樂遊原〉：「向晚意不適，驅車登古原。夕陽無限好，只是近黃昏。」蒼涼悲壯，耐人尋味，都是最好的例子。

陳義芝的〈小島速寫〉堪稱是情景交融的佳作。這首作品，在恬靜如詩的氣氛中，寄寓了無窮的希望。

讓我們一同走進這一幅如詩如畫的大自然之歌。

小島速寫

海灣有細緻的曲線
像提琴
岬角是滑脫待續的音符
・・・
潮浪吐著夢話
沙灘午眠了
啄人眼的陽光錯愕於出水遺貝
・・・
海水載浮著小島
白鳥在山之上之下
滑翔

⋯⋯

藍天包圍著遠海的小船
漁人在水之上之下
遙望

——選自《台灣詩學季刊第八期》

【賞析】

這首詩共分四段，每段由三行詩句組成。

首段，由高處向下凝望。詩人用音樂的組合來處理：優美的海灣，有像提琴般細緻的線條；岬角像樂譜上的音符，跳躍舞動。讀到此處，提琴琤琮的旋律悠然響起，心，也變得幽雅多情。

接著，鏡頭推到海灘。海浪捲起的浪花，短暫易逝如虛飄的夢話，十分貼切。盛夏的沙灘，正午時分，陽光啄人，四周一片寂靜，刺人的陽光，照在貝殼上，留下錯愕的眼神，是讚美，抑或驚嘆？

第三段，海水載浮著小島，是視覺的想像。白鳥在藍天、碧海、綠色的小島中滑翔，不但色彩迷人，透過輕盈的鳥兒，整個風景全都靈動、連接了起來，心，也隨著遨遊在這美麗的山水之間。

末段，「藍天包圍著遠海的小船」，空間延伸到遙遠的天際。漁人的遙望，是全詩的靈魂，透過漁人的遙望，我們可以看到大自然和人們貼切的關係：大自然是人們生活的母親。透過漁人在水之上之下的遙望，我們也可以感受到人類在大自然中的奮鬥，充滿了一股豐盈的希望。透過漁人的遙望，空間延伸到更無限遙遠的、只有心靈才能到達的世界，開啓了我們天寬地闊的胸懷。由於「遙望」的動作，天人的關係於焉定位，人類的努力於焉展現。「遙望」一詞，何等精采！

這首詩，在空間上，由海灣到岬角，再推遠到海浪、沙灘、白鳥，再到遙遠的盡頭，很有層次感；在氣氛的經營上，首段音符的意象，次段潮浪吐著夢話、錯愕的陽光，第三段的白鳥，末段的漁人，使得全詩動靜分明，宛如一幅活潑的圖畫；再加上第三段的藍天、碧海、綠色的小島和白鳥，使得這幅圖畫更多彩多姿。

海邊的小島，有美妙的海潮音樂，終日琤琮的響著，那是千古以還，大自然多情的低吟；藍天、碧海、白鳥，甚至彩色的熱帶魚，徘徊、流連在其中，那是大自然慈愛的獻禮。有情的世界，美麗的圖畫，令人陶醉；漁人的辛勤，更令人充滿鬥志與希望。

陳義芝的〈小島速寫〉，是大自然美麗的風景，也是人類心中驚嘆、希望的音符。

活躍與希望

——試析李魁賢〈晨景〉〈晨曦〉〈晨工〉

晨景

鳥聲
叫醒雲
雲
叫醒太陽
太陽
叫醒旗
旗

叫醒了天空

【賞析】

寫景的作品，容易流於靜態的描寫，成爲一幅凝滯的圖畫；這首〈晨景〉則是個充滿活力的世界。

首先，由鳥聲切入。人在夢鄉，由悅耳的鳥聲喚醒，這是多麼令人神往的世界。在都市裡，不被呼嘯的車聲驚醒、鬧鐘吵醒，已屬幸運，哪敢奢望清脆的鳥鳴！

接著，由現實的鳥聲進入想像世界：由雲而太陽而旗而天空……，由於作者的移情作用，使萬物全都有了靈動的生機。

清晨，是生命勃發的時刻，千山萬壑、宇宙萬物紛紛醒來，本就充滿了生命力，作者不全從「活」的物品落筆，由鳥聲揭開序幕後，接著利用頂真法輪番由雲、太陽、旗擔綱演出，用「叫醒」一詞賦予它們無限的生命力，詩的張力，在此到了極致。在鏡頭的運用上，則由平地的鳥聲到天空的雲，再到地平面的太陽、旗，最後擴大到無垠的天空。整個場景的移動是這樣的：

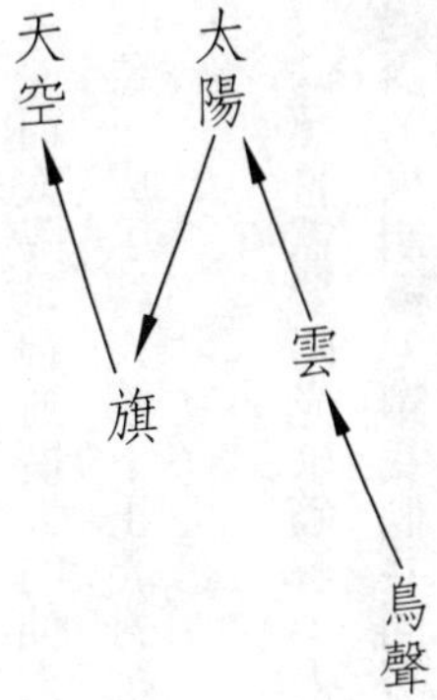

這首詩，不但有頂真的連綿感，在節奏上也有了輕柔的旋律。透過這樣細膩的安排與感受，晨景也就變得更美麗、更可愛了。

晨曦

瀰漫人間
黑幕重重的符咒
太陽
總跟在後面

用陽光的血滴
一一破解

【賞析】

想像，具有無窮的力量，可以使人突破現實，遨遊在太虛之中；可以化解現實的冷酷，昇華靈魂。所以，只要我們善於想像，雖小可以喻大，蟲蟻可以成爲龐然怪獸；雖醜可以化美，奇岩怪石也有各種風情。

詩，也是心靈想像的作用，揉和外在的感觸，化爲心靈美妙的詩篇。這首〈晨曦〉就是最好的例子。

首先，將黑夜譬喻成重重的符咒。這種符咒是罪惡的化身，令人懼怕，令人敬而遠之。而太陽是神通廣大的仙人，用陽光破解黑暗的符咒。一個大自然界晝夜循環的現象，成了詩人筆下正義對抗邪惡的戰爭，光明與黑暗的兩極，看來簡單，卻含有深意。

夜的黑幕需要陽光來破解，人間重重的罪惡黑幕，也需要充滿正義、公理的陽光來揭露，來制裁。讓我們共同努力，使黑幕的符咒無法帶來災禍，讓世界隨著晨曦而燦爛光明！

晨工

清晨
騎機車上工
沿路
像拉鏈一樣
拉開
一日的序幕

——以上三首均選自《永久的版圖》·笠詩社

【賞析】

這首詩是平凡生命的寫照，也是作者思維美妙想像的作用，是一首神來之筆的小品。

渺小的工人在寬敞的馬路奔馳著，像拉鍊的頭兒拉開衣服般，拉開了生活的序幕。比喻的貼切、創意，令人讚嘆。

清晨騎機車上工的工人，是基層的勞動者，是土地與生活最實際的呼吸者。他們日出而作，日入而息，踏實的努力，提供了人們生活的必需，所以說由他們來拉開一日的序幕，不做第二人想。工人的重要與貢獻，也由此可見。

晨工，不是國家的決策者，但卻是不可或缺的角色，清晨有他們的奔波，才會拉開序幕；日子有他們的忙碌，才會豐盈無缺：讓我們向他們致敬！

一幅湘繡情萬縷

——試析向明〈湘繡被面〉

湘繡被面

——寄細毛妹

四隻蹁躚的紫燕
兩叢吐蕊的花枝
就這樣淡淡的幾筆
便把你要對大哥說的話
密密繡在這塊薄薄的綢幅上了

· · ·

好耐讀的一封家書呀
不著一字
摺起來不過盈尺
一接就把一顆浮起的心沉了下去
一接就把四十年睽違的歲月捧住
・・・
遲疑久久，要不把封紙拆開
一拆，就怕滴血的心跳了出來
最是展開觀看的剎那
一床寬大亮麗的綢質被面
一展就開放成一條花鳥夾道的路
彷彿一走上去就可回家
・・・
能這樣很快回家就好
海隅雖美，終究是失土的浮根

久已呆滯的雙目
真需放縱在家鄉無垠的長空
祇是，這綢幅上起伏的摺紋
不正是世途的多舛
路的盡頭仍然是海
海的面目，也仍
猙獰

【後記】

日前細毛二妹自湖南老家輾轉托人帶來親繡被面一幅，未附隻字說明，因有感而草作此詩寄之。

——選自七六·八·十八聯合報副刊

【賞析】

民國三十八年國共戰亂，局勢丕變，海峽兩岸成爲天塹，在長達四十年的對立與封鎖中，兩岸數十萬、數百萬的親人只能望洋興嘆，只能在夢裡傾訴。這是政治的悲劇、人間的悲劇，是無數人們心中永遠的傷痛。向明先生在那年隨國軍來台，正是這個悲劇的主角之一，這首詩是他鄉愁的抒發，對這個悲劇的反映。

本詩寫於民國七十六年。這年七月，海峽兩岸開放通訊、探親，將近四十年的阻隔，鄉愁恰如滿溢的河流，即將全面潰決。詩人尚未返鄉，即收到二妹輾轉託人送來的親繡被面一幅，一時情感潰決，匯成一股巨流，不可遏抑。這首〈湘繡被面〉是作者當時情思最好的寫照，也是時代悲痛的聲音。

首段，作者直接從題目切入，描寫被面的圖案：翩翩飛舞的紫燕、吐蕊的花枝，這本是湘繡中常見的圖案，但在作者的眼中卻是情意深濃的作品。淡淡的幾筆，卻要密密的數千數萬次的刺繡才能完成，贈送的對象又是至親的大哥，其中的情意可想而知。根據作者在後記的說明，二妹並未附隻字說明，因此更有耐人尋味的空間。由於四十年的阻隔，這份感情在心中醞釀、昇華，成爲一團化不開的蜜糖。

湘繡被面在作者的眼中，已不再只是一張被面，更昇華成了一封家書，所以在第二段，作者進入了心靈內在的感情世界。這封信唯其不著一字，所以才耐讀。長久的思念、血濃於水的感情，其實何需言語、文字，一切盡在無聲的湘繡被面之中。作者運用映襯的句法抒寫心中澎湃的感情：耐讀的家書卻不著一字；接到湘繡被面而浮起的心在轉瞬間又因鄉愁而沉重下去。經由這樣的對比，濃烈的鄉愁强而有力的展現在讀者的面前。

接著，作者用誇飾的手法，描寫自己那份悸動的心情。滴血的心其實已經滴了數十年，如今將全部潰決，衝力是如何巨大。作者又用譬喻法將湘繡被面想像成一條花鳥夾道的大路，作者在花鳥夾道亮麗的歡樂聲中返鄉，心中是何等雀躍！

這種雀躍的心情延續到了末段，作者對長達四十年的處境做了一番回顧：「海隅雖美，終究是失土的浮根」，語調惆悵，令人黯然。在一塊土地耕耘四十年，血汗早已化成了參天大樹，說是失土的浮根，其實只是感情的作用，如同「久已呆滯的雙目／真需放縱在家鄉無垠的長空」。海隅雖無浩瀚的平原可供極目四望，但是遼闊的大海同樣能開闊、激盪狹隘的心胸。是作者落葉歸根的心情及對家鄉的思情，使得家鄉淩駕這塊土地。

這種感情的作用，在激情過後，又回到理智的思路上，作者透過綢幅上的摺紋，聯想到多舛的世途。四十年前的慘痛經驗，仍然是心頭揮之不去的夢。相隔兩地的親情，即使能通訊，能見面，但也只是短暫的相聚，何時才能真正敞開心胸，無憂無慮的放縱在家鄉無垠的長空呢？作者最後用了一個頂真法，在連綿的訴說中，告訴了我們他的疑慮，那個遙遠的答案：「路的盡頭仍然是海／海的面目，也仍／猙獰」。

一幅湘繡被面是故鄉的聲音，是親情的結晶。密密的針線上是濃濃的思念。在詩中，我們看到了湘繡被面勾起了作者山海般的感情，綿衍成了回鄉的大道。但是激情會平復，如同四十年的思愁已經翻滾過千萬遍，變成理智的思考。透過湘繡被面鄉音的抒發，作者仍然盼望一個安詳的、真正免於恐懼的世界的到來。

世上的物質千千萬萬，真正能觸動我們心靈、被我們珍視的東西卻不多。璀璨的鑽石固然迷人，有時卻不如情人相贈的一個小飾物；昂貴的滿漢全席，固然令人垂涎，有時卻不如「晚來天欲雪，能飲一杯無？」的溫馨。湘繡被面交織著生命的血淚，令人震撼，是因爲它經歷了紅塵滾滾的風浪，是時代與作者多舛的遭遇豐富了它的生命，使它不凡。讀了這首詩，不禁讓我們對造化弄人而發出無窮的浩嘆。

放一隻生命的風箏

——試析向明〈隔海捎來一隻風箏〉

隔海捎來一隻風箏

就讓自己再年輕一次吧
臨老，你從隔海捎來一隻風箏
青綠的雙翅暗鑲虎形斑紋
迎風一張，竟若那隻垂天的大鵬
頎長的尾翼，拖曳出去
又是鳳凰來儀的莊重
暗示得好深長的一份期許

儼然，年輕時遺落的飛天大志
被你一頭捎了過來
要我再走一次年輕
・・・
可能麼？再一次年輕
風骨當然還是當年耐寒的風骨
又硬又瘦又多稜角的幾方支撐
稍一激動還是撲撲有聲
仍舊愛和朔風頑抗
好高騖遠不脫靈頑的一隻風箏
起落昇沉了多少次起落昇沉
居高不墜總羨日月星辰
愛恨割捨不了的是
那些拘絆拉扯的牽引
・・・

可能麼？也許可以再一次年輕
把蕭蕭白髮推成蕭颯草坪
放出白鴿、放出青鳥、放出囚禁的陰影
邀請風雨，邀請雷電，邀請旗幟
邀請一切愛在長空對決的諸靈
所有的啄喙，所有的箭矢
就請對準這隻老不折翼的風箏
看牠幾番騰躍，一路揚昇而上
看牠一個俯衝下去，從此捨身下去
時間在後面追成許多仰望的眼睛

【註】

海峽對岸同名詩人向明，最近托人捎我一隻風箏，未附任何言語，揣度其用意，遂成此詩，聊作答謝。

——選自八一·六·十聯合報副刊

【賞析】

放風箏是中國人的休閒活動之一。在春日的和風中，在秋高氣爽時，放一隻五彩繽紛的風箏，隨風起伏，在藍天裡遨翔，心也隨之展翅，隨之釋放。它除了帶給人們舒暢的心情之外，還有更深層的意義：打開心胸，迎向生命的藍天。向明這首作品，就是描寫面對一隻隔海捎來的風箏那份激動的心情和無盡的理想。

首段，先寫隔海東來的風箏。風箏值得跨海來台相贈，在外形上當然要具有可觀性，所以作者先做介紹：那是一隻彷若垂天大鵬的風箏，在青綠的雙翅上暗鑲虎形斑紋，有頎長的尾翼，迎風招展，宛若鳳凰來儀。大鵬與鳳凰都是中國的最美與最愛。大鵬的威武、雄壯，鳳凰的莊重、溫婉，令人心儀。由這份外在形象的描述，很自然的將讀者帶入風箏的內在意義層次。透過大鵬與鳳凰的意象，勾起了作者年輕時的壯志。大鵬那種摶扶搖而上九天、遨翔千里的豪情，滿溢在作者的心胸，作者的心霎時年輕了起來。送風箏的向明那份惺惺相惜、殷殷期許的情懷，在作者的詩中成爲一條奔騰的溪流，令人動容。

經由風箏的觸發，作者在第二段回溯了一路走來的風雨，檢視六十載的旅程，他自豪的宣示：自己仍有當年嶙峋的風骨，看到不平的事，仍然仗義執言，「撲撲有聲」正是氣魄與擔當的寫照。在生命的戰場上，作者仍然鬥志昂揚，「愛和朔風頑抗」，不輕易向挫折、困難妥協。可是如同好高鶩遠、不脫靈頑的風箏，作者一身傲骨在時間的海浪中起伏昇沈，在愛與恨交織的人生中，逐漸磨成踏實的、穩健的腳步，那是理想落實在現實世界的必然結局。在這種情況下，生活既經固定，能否再有年輕時代的作爲呢？所以作者懷疑的自問：「可能麼？再一次年輕」。這是呼應第一段的「要再走一次年輕」。

第三段的「可能麼？也許可以再一次年輕」，則是經由懷疑而到了肯定。因爲年輕時的理想，雖然不能在年輕的土地上完全開花結果，但是到了耳順之年呢？年輕的衝勁變成穩健的腳步，顛簸屢躓的經驗化成了智慧，年輕的理想只要不滅，將會擁有一塊更肥沃的土地。所以作者在第三段用激越的手法，揭示那腔「老驥伏櫪，志在千里；烈士暮年，壯心未已」的情懷，將蕭蕭白髮轉化成充滿生機的草坪。期待掙脫現實的環境與衝突。作者的心徹底的打開後，又「放出白鴿、放出青鳥」的使者，「邀請風雨，邀請雷電，邀請旗幟／邀請一切愛在長空對決的諸靈／所有的啄喙，所有的箭矢」一切的對手，對這一隻臨老不折翼的風箏予以無情的打擊。作者用一生的力量來面對：騰躍、揚昇、俯衝甚至捨身。在這樣的努力、奮鬥之下，作者自許將成爲讓時間追趕的先知，以及衆人仰望的成功者。這份義無反顧的決心，令人血脈沸騰，擊掌喝采。這一段，氣勢之磅礴，節奏之緊密，決心之堅定，可說完美至極，堪稱現代詩的傑作。

生命本是脆弱的，但是經由不斷的淬鍊而堅强；生命在浩瀚的宇宙中本是渺小的，但是經由不斷的觸發而偉大。這首〈隔海捎來的一隻風箏〉，在意義上壯大了我們的心志；在氣勢上寬廣了我們的視野；在生命的園地裡，絢麗了我們的色彩。讓我們滿載著一腔豪情壯志與毅力，隨著作者的風箏，遨遊在生命的晴空吧！

英雄與寂寞

——試析羅任玲〈鷹〉

詩講意象。所謂意象就是指意中之象，在文學的表現上有暗示或象徵的功能。詩人爲了表達某一種思想或意念，常藉外在事物起興，讓讀者在具體的事物中體會作者無限的情意。這種化抽象爲具體的表現技巧在歷代詩作中隨處可見，如《詩經》「桃之夭夭，其葉蓁蓁，之子于歸，宜其家人」，美麗盛開的桃花是賢淑的新嫁娘的化身。「泛彼柏舟，亦汎其流。耿耿不寐，如有隱憂。」用柏舟來象徵自己的堅貞。現代詩人拋棄了押韻的舞台，對意象的經營顯得更爲用心，其中羅任玲的〈鷹〉，正是意象經營的佳作。

鷹

站在巍巍的山頂等
風，慢慢近了
張開茫然底袖
・
・
・
一個寂寞
飛過

——選自八四年《台北公車詩》

【賞析】

這首詩分成兩段。第一段寫鷹的孤高，第二段寫伴隨聖哲英雄的孤寂情懷。鷹是孤獨的，牠獨居於高山崖頂。所以「站在巍巍的山頂」等著可以任牠遨翔的風。可是風來了後，在展翅飛翔的時刻，才發現自己的空曠與寂寥，在身邊呼呼飛過的是一絲「寂寞」的風。

細細思索，這首詩中的鷹只是作者視覺的影像，站在高處的孤獨、寂寞才是詩人感情的寄託。鷹是作者所要表達的英雄聖賢的意象，藉著「站在巍巍的山頂」凸顯它的位置。接著，鷹的遨翔九天需要風的協助，正如同英雄需時勢的風、機運的風、智慧的風。可是第三段在天風呼呼的高空中，「張開茫然底袖」的卻不是鷹，詩人已從鷹的意象飛向了人的心靈世界。

聖賢與英雄是成功的人物，在叱吒風雲的歲月裡，擁有無限的衝勁與鬥志，但「自古聖賢皆寂寞」，有時也難免有些許的迷惘。所謂「是非成敗轉頭空，青山依舊在，幾度夕陽紅」，人生追求的是生命的永恆，然而永恆的生命又有多少？雖然曹丕在〈典論論文〉中說：「蓋文章，經國之大業，不朽之盛事，年壽有時而盡，未若文章之無窮。」但是自古以來立言者又有幾人？因此英雄聖賢的內心深處，也偶有生命價值感的失落與迷惘。在第二段飛過的「寂寞」，正是詩人在人生旅途中茫然之際的低調。不過，此處用「一個」，而不用「一羣」或「一團」，也在顯示這種低沉的調子只能說是鷹的生命中曇花一現的感覺。「棄燕雀之小志，慕鴻鵠以高翔」（丘遲〈與陳伯之書〉），既然決定當一隻鷹，就不能像麻雀般的熱鬧與親暱；

是時代的聲音、智慧的先驅，就得忍受那份孤獨的況味，與責任的壓力，在成功的光環裡，要吞下血與淚。

這首〈鷹〉，作者用簡潔的文字、鮮明的意象，表現了無限豐富的情意。透過詩人安排的鷹的意象，我們看到巍巍的山頂矗立的是巨人的雕像；寂寞的背後是一盞對人生永不熄滅的希望的燈火。

生命的大樹
——試析李魁賢〈植樹〉

植樹

在公園裡
種植一棵樹
等待鳥來歌唱
等待風來感動
・・・
隨著日出
我腳下卻出現

傾斜的陰影
露水也使我心冷
· · ·
堅持我立足的土地
不願回到溫室裡
我的信心
隨著太陽逐漸上升
· · ·
只要太陽正直
在我頭頂觀察
就會看到我堅挺的立姿
沒有一絲絲的黑影

——選自《黃昏的意象》·台北縣立文化中心

【賞析】

種樹，是一件很快樂的事。植樹的樂趣大多在成長的喜悅與收穫。這首〈植樹〉，詩人則爲我們寫出了一顆堅强的靈魂。

首段，從現實空間展開，敍述在公園種樹的目的。有了樹，鳥就會來歌唱，風就會來感動，這是再自然不過的道理。就像荀子〈勸學〉一文中所說的：「質的張而弓矢至焉，林木茂而斧斤至焉，樹成蔭而衆鳥息焉。」

第二段，由現實的景象，轉入心靈世界：日出之後，樹自然會有陰影，這片陰影，本是人們喜愛的休憩場所，卻成爲作者心中的陰影；露水，本是植物的甘露，成長的滋潤，卻使作者心冷，可想而知，「陰影」與「露水」必定是作者成長過程中所遭受的挫折、苦難。這種現實與內在相反的寫法，呈現了詩的張力。

第三段，用溫室與外在險惡環境對比的手法，寫出作者的意志。「堅持」與「不願」，表現了强烈的態度。溫室裡的植物，長得快速而美好，但卻活得不夠自然，不夠踏實；所以作者堅持自己的方向，寧願活在大自然中，雖然有風，有雨，但是只要代表希望的太陽仍在，他的信心，不但不會消失，反而還會逐漸上升。由此可見「希望」的光芒何等重要！只要有希望，人類就有活下去的勇氣。

第四段與第二段相呼應，是外在環境與內在心靈交互投射的結果，側面說明陰影的產生，是由於不正直的人爲因素所造成。由於不正，就沒有公理，人心就會不平，世界就會混亂。所以只要太陽正直，能普照他，就可以看到他堅挺的立姿，沒有一絲絲的黑影。黑影本是伴著太陽而生，卻因爲日出傾斜的太陽（代表不正），與中午正直的太陽，而有天壤之別。此處的隱喻，使得本詩出入於現實與心靈想像之間，有詩的深度。

讓我們種一棵現實的樹，讓它成爲鳥的天堂，成爲風的好友，成爲天地間的一幅風景；同時也植一棵心靈之樹，讓它離開溫室，接受人世間風雨的磨練，讓希望的陽光滋長我們的信心，茁壯我們堅挺的姿勢。

植樹，植一棵自然與心靈的樹，生命將會圓滿而快樂。

生命的花朵

——試析李魁賢〈京都柳櫻〉

京都柳櫻

所有櫻花都向天空
袒露春天的心情
只有我垂首含苞不敢開放

· · ·

不是我心中沒有愛
是因爲美的負荷
使我徬徨

· · ·

我害怕一旦坦然綻開
春天就會過去
而蜜蜂還未準備釀蜜的巢
・・・
其實我愛惜自己甚於一切
我臨水鑑照
也能看到天空開闊的胸懷
・・・
我堅持自己含情默默的姿態
不是仿照柳的嫵媚
根本就是天生的氣質使然

——選自《黃昏的意象》・台北縣立文化中心

【賞析】

日本園林景觀之盛，舉世聞名。春天的櫻花，更是美得令人讚嘆不已。漫步在盛綻的櫻花道上，那一片片、一團團，或者像海潮般湧來的櫻花，令人悠然陶醉，渾然忘我。作者這首〈京都柳櫻〉，是面對這汪花海所激起的漣漪。作者在詩中，用自述的方式，擬出花的心情，有花的怒放，花的悸動，花的自愛與自信。是一首有景有情的作品。

首段，用映襯法寫出在櫻花盛綻的春天，柳櫻垂首含苞不敢開放的現象。「所有櫻花都向天空／袒露春天的心情」一則描寫現實中的櫻花生氣盎然的芳姿，一則透過櫻花寫萬物欣迎春天的心情。這兩句是現實情景的映照。第三句則是移情作用。垂首不敢開放的柳櫻，可想而知必有沉重的心事，這種心情有懸疑的效果。而這種情緒，已經超越了現實的櫻花，成爲作者心靈的寫照。作者對花的感動，使詩作有了濃厚的情意。

第二、三兩段，是對前一段含苞不開的詮釋。初春的櫻花，漫山遍野，在空中，在地上，密密的擁抱著人們，這種美，是大自然偉大的傑作，對作者來說，卻也是一種美麗的負荷。因爲一旦綻放，「春天就會過去」，花就會凋零萎落。這種凋謝，也是天地間最殘忍的摧折。林黛玉的〈葬花詞〉：「花謝花飛飛滿天，紅綃香斷有誰憐……一朝春盡紅顏老，花落人亡兩不知。」惜花自憐的心聲傳誦千古。杜甫的〈登樓〉「花近高樓傷客心，萬方多難此登臨」藉花而傷時憂國，同樣令人低吟不已。從這兩段對櫻花的讚美及凋零的傷感，我們看到了作者濃厚甜蜜的情意。

第四段，透過花寫出作者對生命的堅持與自愛。美的本質是上天的恩賜，愛惜自己，更能發揮天賦的資質。由於自愛，所以「臨水鑑照」也能有開闊的世界。這樣的生命態度延續到末段，作者自陳堅持一種信念，一種態度，不是模仿，而是源自於天生的氣質。孟子曰：「仁義禮智，非由外鑠我也，我固有之也。」〈告子上〉這份生命美好的特質，人們應該時時砥礪發揚，讓它發出燦爛的光芒，像柳櫻一樣，成爲天地間動人的風景。

櫻花的美，像天空的遼闊，像海洋的浩瀚，人在如此美麗的景色中，除了讚嘆造化的厚愛之外，也難免有凋零的傷懷。其實美麗的景物不會永遠美麗：花會凋謝，人會遲暮，唯有心靈的美才能永恆。所以透過作者對柳櫻的「徬徨」與「害怕」，我們感受到他對事物的珍惜；經由四、五兩段的堅持與自愛，我們看到作者對自我完美的追求。櫻花的美與作者心靈的美，在天地之間相互映照，迸放出美麗的光芒。在櫻花的美景之下，人也如同櫻花一樣，像天空，像海洋，開向生命的春天，但人不會含苞不敢開放，因爲生命之花是愈開愈芬芳。

生命的春天

——試析李魁賢〈梧桐〉

梧桐

——南京

向上張開手指
以統一的祈雨姿勢
沿路排過去
默對著沉沉的烏陰
看不到江南早春的天空
不時忍受著

突穎而出的抗議手臂
橫遭强制鋸斷
空有旺盛的繁殖能力
以枯枝度過了長長的冬季
在江南排隊鵠候著
遲遲不來的春天

——選自《祈禱》·笠詩社

【賞析】

在李魁賢的《祈禱》一書中，有一輯題名爲「中國觀察」的詩作，是作者在一九八九年旅遊中國大陸的作品。

在這些優美的詩篇中，除了壯麗山河的影子，我們也看到了作者透過隱喻的方式，對政治婉轉的批評，如：〈鐘乳石洞〉中「嘶喊著／還我人權」，〈首〉中「在强制規劃的格局下／數百年間／溫馴到和中國人民一樣／張著乾燥的大口／沒有水跡」，〈鐘聲〉中「我舉杵／敲鐘三下／自己震耳欲聾／卻傳不出迤邐的牆外／滿天細霜凍僵了自由的聲波」，〈猿聲啼不住〉中「卻不知入夜後／禁閉著嘴巴的人民／心中有無輕喟或嚶泣」。這首〈梧桐〉無論在技巧上或思想上，都是這一系列作品中的佳作。作者從梧桐的外在形象和遭遇，爲我們間接指陳了在封閉、專制的政權下人民的心聲。

首句「向上張開手指」的姿勢，是一種强烈的呼喚，透過梧桐的枝椏，我們看到了人們的雙手：祈求自由與民主的雙手。接著從梧桐「以統一的祈雨姿勢／沿路排過去」的影子中，我們看到了制式下的中國百姓。這羣百姓，在長達四、五千年的封建制度下，大多已失去反省的能力。所以面對著「沉沉的烏陰」——隱喻封閉、沒有活力的政局，即使在風景秀麗的江南，也看不到早春的天空。江南的美景，有口皆碑，早已聞名古今，如李白的〈憶江南〉：「江南好，風景舊曾諳。日出江花紅似火，春來江水綠如藍。能不憶江南？」李煜的〈望江南〉：「多少恨，昨夜夢魂中。還似舊時遊上苑，車如流水馬如龍。花月正春風。」江南的春天，依舊綺麗迷人，是岑寂的人心，爲它蒙上了一層灰暗的色調，使它失去了豔麗的色彩，失去了希望。

六至八行，寫梧桐樹的生長，常受到無情的截肢。樹在原野中、在庭園裡，悠然自在，强制鋸斷，雖可以整齊一時，但終究要奔放恣肆、各展風華。其中「突穎而出的抗議手臂」，明顯的指出國家內異議的聲音。我們知道善意的、建設性的意見是針砭，是拉住風箏的繩子，可以讓人走得更穩健，飛得更高，不虞迷失，不致獨裁。如果一時壓制，如同無處傾瀉的水流，終將潰決，釀成大害。

九、十兩行的梧桐，「空有旺盛的繁殖能力」，卻只能「以枯枝度過了長長的冬季」。詩中雖有遺憾與期待，但是梧桐旺盛的繁殖能力，在春風中仍有爆發的機會，讓碩大的葉片，遮住敻遼的天空。而空有滿腹才學的人們呢？如果沒有暖風吹拂的、奉獻才華的春天，如何施展才學，蔚成參天的大樹？

所以，作者從〈梧桐〉一詩說明：梧桐鵠候著遲遲不來的春天，而人們引頸盼望的是政治的春天，以及經濟、教育、文化……的春天。自由、民主的風潮是抵擋不住的山海般的趨勢，蓬勃的在世界各地狂飆式的曼延，我們相信：有旺盛繁殖能力的種子，在春天的土地中，將會勃發成一棵棵欣欣向榮的大樹；充滿衝勁、有活力、有理想、有希望的人，將超越梧桐的形象，在生命的世界裡，天寬地闊的生活著。

生命的觸發

——試析張默〈落葉滿階〉

萬物同生於大地，同一陽光，同一雨露，休戚與共，榮辱同享，本無貴賤；但是因爲人的價值觀，而有了分別。然而生命的價值是否就固定了呢？卑微的是否永遠卑微？高貴的是否永遠高貴？近讀張默的〈落葉滿階〉，有一番新的體認。

落葉滿階

溫柔的陽光，懶懶地
踩在它的胸脯上
一顆顆意象的頭顱
正欲結伴，西飛

——**選自《落葉滿階》・九歌出版社**

【賞析】

這首詩，短短四行，卻有豐富的意境。四行詩句可分成兩組，前二行是落葉的處境，後二行是落葉的啓示。

階前的落葉，任陽光踩踏。陽光是溫柔的，也可能是灼人的。踩踏落葉的，是陽光，也可能是人，是動物，是風。既然成爲落葉，就失去主宰自己的力量，任憑造化擺布，落葉悲劇性的處境，至此低沉到了極點。

但是卑微的落葉，有時又不僅是落葉，而是觸發靈思的媒介。所以在第三、四行，落葉的生命，有了一番昇華，啓發了一顆顆充滿詩意般的靈魂。它們成爲思想的羽翼，輕盈曼妙，飛向西方思想的樂園。

這首詩雖短，意味卻極爲深長。有形的落葉，卑微而無奈，然而終於激發思維美麗的詩篇。詩中的落葉，不只是落葉，也可能是落花，可能是枯枝，更可能是卑微的生命。卑微的生命，在生命的旅途上顛簸屢屢，然而沉潛過後，卻能破繭而出，翻越生命的巔峯壑谷，遨遊在生命的藍天。

落葉，可以是落葉，也可以是生命的泉源，激發我們的靈思，讓我們不斷飛翔！

生命的沉潛與飛揚

——試析張默〈寒枝〉

每逢秋天，落葉樹便開始一場驚天動地的換血，一樹茂密，不旋踵，便已繁華落盡，光禿禿的枝枒，在寒風中蕭然獨立。人世間也有類似的情景，也許是〈烏衣巷〉「舊時王謝堂前燕，飛入尋常百姓家」的沒落；也許是〈卜居〉「黃鐘毀棄，瓦釜雷鳴」的失意；有時，更像是〈少年遊〉「新豐美酒斗十千，咸陽遊俠多少年」的期待。寒枝，只是短暫的沉潛，來春，仍會蓬勃精采；生機未失的生命，像寒風中的禿枝，有時孤獨寂寞，卻又充滿希望。張默的〈枯枝〉，就是最好的寫照。

寒枝

眺望灰褐褐的遠方
自己的心事彷彿比秤鉈還沉重
無意間伸出尖尖細細乾乾的手指
突然把西北角的天空
戳了一個大洞

——選自《落葉滿階》·九歌出版社

【賞析】

這首詩只有五行，可分成兩組：前二行寫寒枝的心情，後三行寫寒枝的心願。是一首藉外在的寒枝來寫內在思維的佳作。

第一行，由寒枝的眺望揭開序幕。順著寒枝的眸光，我們看到了灰濛濛的天空；「心隨境轉」，寒枝的心隨著一樹茂盛落盡而像天空般的沉重。沉重的心事，指的是什麼？對樹來說，是來春萌發新芽的準備；是否有足夠的營養，足夠的力氣，適合的氣候，再現昔日的風華？對人來說，是面對惡劣的環境，如何充實自己，如何施展自己抱負的煩惱。飛黃騰達，何等風光；一旦有志難伸，多麼悲涼！難伸的壯志，是鬱積胸中的塊壘，當然就像冬日的寒枝，冬日的天空，沉重異常了。

後三行，由寒枝無意間的動作完成了戳破天空的大事。對有形的外在環境而言，是誇張的想像；對內在心靈世界來說，正是胸懷壯志的期望。寒枝的「無意」，其實正是內心思維「有意」的表現，是沉重的心事驅使下的動作，說明了它急切的心情。詩人對寒枝誇張的想像，反映了部分人們的心聲。人文及科技日益進步的現代，長江後浪推前浪，新陳代謝的速度，令人驚惶，有成就者稍一疏忽，就會湮没在滾滾人潮之中；而想出人頭地的年輕人，像在玻璃上飛撞的昆蟲，找不到出口。有志難伸的苦悶，鬱積心中，沉重可知。所以詩人藉著寒枝的戳破天空，表達了人們這一腔苦悶的心情，湧動在人們心中的，同樣是旺盛的鬥志，只是環境和時運不濟罷了。

然而人們是否就此沉湎在這種命定的悲哀呢？寒枝沉重的心事，在冰雪消溶的春天，將隨之化解：甦醒的生命，像燃放的爆竹，在寒枝上魔術般的上演著，轉眼之間，生命像長江大海，奔騰踴躍，不能自已。人，也要像這樣，挫折時應該還有勇氣，苦悶時，不能喪失生機，寒冷的冬季過後，就能展現蓬勃的生命。

這首詩，透過寒枝的心情，表現了苦悶中人們的心聲，進而化爲一股力量，向生命的激流勇往邁進，是勵志的小詩，給予生命龐大的力量。

生命的交戰

——試析向明〈墜葉〉

墜葉

我看見
最廣，最宏偉的一片世界
突然從
指尖與指尖合什的
須彌大的那一方寸
展了開來
我被從身後猛然的一擊

墜葉般，飄了過去
•　•　•
好巨大的一種跌幅呀
寂靜霎時從十萬滾壓而來
天不搖，地不動
竟然聽不見我的
骨骼之折
血脈之崩
肉欲之痛
我碎成一聲吶喊
　一抹風暴
聲形卻被吞沒盡淨
•　•　•
不：我被否定了嗎？
還是，永遠從自己除名

如一組誤編的程式
一捺即失的游標
一位崩盤的數字
一朵八瓣俱足的青蓮
冉冉停在面前
我看見我還是重壓在
水泥森林裡面的裡面的
一片墜葉
蓮瓣上一顆晶亮的露珠
盈盈的，把它托住

——選自七七·十二·二十中國時報人間副刊

【賞析】

唐朝時，詩人陳子昂登上幽州臺，想到自己的遭遇，不覺寫下了一首〈登幽州臺歌〉：「前不見古人，後不見來者。念天地之悠悠，獨愴然而涕下。」那份今古交感、孤寂悲涼的情感，傳誦千古，撼人肺腑。向明的〈墜葉〉，也有同樣的意境。在面對遼闊的宇宙時，小我產生了無比的惶惑，透過一番否定與反思的過程，重新賦予自己一個澄明的世界，是一首極有深度的作品。

首段，是作者小我與宇宙大我的照面。作者用映襯的方式，敘述從自己指尖合什的方寸之間，看見了宇宙中最廣、最宏偉的世界；這個世界，是當今繁複、巨大的文明巨網。在其中，個人愈來愈覺微小。面對這個劇烈的衝擊，作者表現了極大的驚悸，他的身心受到了重擊，一種像落葉般渺小的、無奈的感覺，讓作者頓失重心，對生命的意義、生活的價值，產生了極大的懷疑與不安。

第二段，進一步敘述這一種心情：徬徨、迷失只是個人心靈思索的活動，在浩瀚的文明宇宙中，個人又是何等的渺小，所以儘管骨骼已折，血脈已崩，肌肉瘦痛，甚至碎裂成一聲吶喊，一抹風暴；可是再大的吶喊、掙扎，都無法撼動這個世界一分一毫，想想這是何等悲哀的事！面對這樣低沉的生命調子，生命的氣息將是何等的微弱！

可是，作者卻不甘心就像落葉一樣無聲無息的消失在世界上，所以在第三段首句劈頭就說：「不：我被否定了嗎？」再用排比法訴說「還是，永遠從自己除名／

如一組誤編的程式／一捺即失的游標／一位崩盤的數字」。這部分可說是心靈衝突的最高點。對有自覺的生命來說，生命若果真的被否定、被除名，是多麼殘忍的事！

既然不甘被埋沒，不甘被除名，因此生命便會不斷的掙扎、奮鬥。透過對生命悲劇命運的反思，作者爲我們揭開了另一個清新美麗的世界。作者雖然仍被重壓在文明的水泥叢林之中，生命仍然無聲無息的活著，但他的面前，已有一朵象徵希望的青蓮，蓮瓣上一顆晶亮的露珠盈盈的托住他龐大的身軀、被水泥森林重壓的生命。我們由此可以知道：生命的衝突在於大我與小我、永恆與短暫的交戰，在這種悲劇性的衝突中，會有無可避免的消沉與傷感；但是一旦掙脫這個無奈的衝突世界，人們又爲自己營造了一個生機盎然的桃花源。人不能照耀宇宙，卻可以使斗室發光；生命有無奈的悲劇，但處處仍有無限的希望。這個希望即使如露珠般的微小，仍然可以托住整個宇宙。

人當然不能個個都是偉人，但在平凡中，仍然有偉大的機會。它可以像墜葉，卻是最完美的一片葉子。在文明的巨網中，將會有一個永遠不會迷失的位置，也才是個無怨無悔的生命，因爲他曾經努力的活過。

生命的薪火相傳

——試析瓦歷斯·尤幹〈給你一個名字〉

這首〈給你一個名字〉是〈關於泰雅〉組詩的第二首，曾獲得八十一年年度詩獎。編輯委員均給予極高的評價。理由之一是「充滿了正直、自信、陽剛、勇武之美」（〈向明語〉）；另一個重要的理由，筆者認爲是：它是原住民詩人中，一首獨特的作品，有別於一般漢人的內容與風格，令人耳目一新。

〈關於泰雅〉組詩的第一首是〈初生禱詞〉，描寫家人盼望嬰兒誕生的心情；這首〈給你一個名字〉是祝福並期望初生嬰兒能成爲泰雅族的榮耀。詩中以父親的口吻，殷殷叮嚀，充滿了泰雅族堅強、豪壯的風格，令人動容。

給你一個名字

孩子，給你一個名字。
你的臍帶，安置在
聖簍內，機胴內
你是母親分出的一塊肉
・・・
孩子，給你一個名字。
讓你知道雄偉的父親，
一如我的名字有你驕傲的祖父，
你孩子的名字也將連接你。
・・・
孩子，給你一個名字。
要永遠記得祖先的勇猛，

像每一個獵首歸來的勇士，
你的名字將有一橫黥面的印記。
．．．
孩子，給你一個名字。
要永遠謙卑的向祖先祈禱，
像一座永不傾倒的大霸尖山，
你的名字將見證泰雅的榮光。

——選自八一·九·四中國時報人間副刊

【賞析】

這首詩，共分四段，每段都是四行，而且第一句都是「孩子，給你一個名字」，有一種韻律感。

首段，藉著對安放臍帶位置的介紹，我們看到了父母親對子女最早的做法與期待，也了解了泰雅族人的習俗：男生的臍帶要放置於聖簍，期待長大後能成爲勇士；女嬰則收藏於機胴（織布機內部），期待長大成人後精於織布。此處兼談聖簍與機胴，與第一首一樣，當有說明習俗的用意；「孩子」一詞，並不局限是男是女，泛指後代子孫。

第二段，在爲孩子取名時，交代姓氏的源流，並期待孩子能繼承祖先的雄偉與驕傲，有薪火相傳的意味。每一個名字都寄寓了父母深切的期望，如漢人的林英雄、何國領、曹永壽、吳經國等是；泰雅族名字係採父子連名制，子女的名字接連父親的名字（如作者爲「瓦歷斯·尤幹」，其子爲「飛鼠·瓦歷斯」），亦可看出泰雅族人對子女更深切的期望。藉著這一個家譜的解說，我們看到人類爲維護與發揚家族的光榮，所付出的苦心與努力。

第三段，告訴孩子長大成人後應有的實際行動：要效法古代爲爭取榮譽與地位而出草獵首的祖先的勇猛，不辱祖先的教導與名譽。以祖先爲英雄，爲雕像，子女的心中自然有羅盤，永遠不會迷失。而經過這種歷練的子女，才能成爲真正的泰雅族人，名字上才能有黥面的印記。此處不說臉上而說名字，應當是黥面的習俗已在年輕一代消失，但是心靈的印記卻永恆的存在。

末段，向孩子宣示：要擴大家族的榮耀，肩負偉大祖先的重任；要努力奮鬥，像一座永不傾倒的大霸尖山（傳爲作者所屬族羣——泰雅族澤敖列亞族（Tseole）

祖先發源地）那樣的雄偉，令人仰望。這樣的人，自然是泰雅族榮耀的焦點。

這首詩，主題明確，語言清晰，與原住民爽朗、質樸的個性相契合。從這首作品之中，我們看到了泰雅族人豪壯的心胸，嗅到了山林的原始氣息，也體會到了不分種族的父母，那種期盼孩子成龍成鳳的心情。西方有膾炙人口的〈麥帥爲子祈禱文〉，泰雅族的瓦歷斯爲我們留下了這一篇不朽的〈給你一個名字〉，同樣見證了薪火相傳的濃情，那是一條血濃於水的江河，在時光的洪流中奔騰澎湃。

不過，在這樣嚴肅、隆重的祝禱背後，我們也聽到了屬於物質、科技文明高度發展之下的原住民的悲歌。無數的族人，離開了他們奔馳的山林，在沒有風，沒有雲，沒有鳥鳴、蟲聲的地方，爲生活而賣命。他們失去了自己的舞台，在紅塵中打滾，卻又難以回頭，這首〈給你一個名字〉，會不會成爲絕響，只是一種傳統的夢呢？

不只是泰雅族人，盼望每一個人，都能牢記祖先的光榮，成爲一個永遠的山的、海的，或平原的，驕傲的子民。

收集生命的印痕

——試析余光中〈收藏家〉

有人說生命是一場戲，有幕啓的興奮，有起伏的劇情，有落幕後無限的淒清；有人說生命是一趟旅程，一路上有閃耀不盡的風光，有各色的風情；有人說生命是一片田野，有萌芽的喜悅，茁壯的汗水，豐收的欣慰……。在余光中先生筆下的人生，是一個收藏家，收集生命的印痕，是現代芸芸衆生最好的寫照。

收藏家

小時候
他收集蝴蝶和風箏
和春天其他的一切標本
但那些華麗的翅膀
而且脆弱
一吹就斷了
・・・
高三起
他收集車票和戲票
——全撕了角
爲了一種瘟病叫戀愛
可終於收集不到

那女孩
・・・
然後他收集自己的美名
聽衆的掌聲
讀者的信
幾捆以後已經很疲倦
一把高額的冥鈔
那樣子握著
・・・
四十歲以後他不再收集什麼
除了每晚帶一疊名片
一疊蒼白難記的臉
回去餵一根憤怒的火柴
看餘燼裡竄走
一隻蟑螂

——選自《現代詩導讀》‧故鄉出版社

【賞析】

這首詩共分四段，依時間的順序分別寫童年、高三、而立之年以及中年的特色。不但在時間的安排上有層遞的效果，隨著年齡而產生的收集的心境，是由强而弱，由美麗、憧憬而至無聊、破滅，也是層遞。在井然有序之中，直抒生命的變化，讓我們看到人生的美麗、希望與無奈。

首段寫童年的收藏。天真爛漫的歲月，收集的不是俗世的名利，而是蝴蝶、風箏和標本。美麗的物品讓他的心靈昇華而愉悅；有趣的玩具讓他的生活充滿驚嘆和歡笑。兒童是人類最初也是最美的化身，在那裡，我們看到了純真和美麗的心靈。但這樣的心能保有多久?作者爲我們寫出了殘酷的答案：「像華麗卻脆弱的翅膀，風一吹就斷了。」不禁令人嘆息。此處的「但那些華麗的翅膀／而且脆弱」，原意是「但那些翅膀，華麗而且脆弱」，作者利用倒裝的技巧來表現，真是神來之筆，別有韻味。

接著，鏡頭轉到了「少年聽雨歌樓上」的青春年華。不寫令人窒息的功課而寫戀愛，充分說明了「戀愛瘟病」的自然性與普遍性。收集撕了角的車票和戲票，暗示了戀愛進行的過程，也寫出了少年時代對愛情的幻想和憧憬。可是戀愛雖然是一種人性本能的驅力，最後卻黯然結束。失戀的原因是外在環境的壓力或是個人主觀的覺醒，我們不得而知，但在「哪個少女不懷春，哪個少年不多情」的年代，誰沒有類似的經驗？讀此，令人不禁莞爾。

穿越「爲賦新詞强說愁」的風雨，奮鬥的生命、燦爛的人生於焉展開。「收集自己的美名以及聽衆的掌聲、讀者的信」表示自己的努力已有了可觀的成果，博得衆人的讚美。可是爲什麼絢爛的聲名不能化爲更激昂的動力，反而會有「幾捆以後已經很疲倦」的感覺？肯定自己成就的掌聲，爲什麼又會像「一把高額的冥鈔」那樣的一文不值？仔細思考，我們應該可以了解，此處的美名、掌聲，只是庸俗的、物質的層面罷了。唯有超越物質膚淺的表層，對人類有廣大的貢獻，美名和掌聲才永不會令人厭倦，生命才能愈發飛揚。

已經疲倦了的生命，雖然仍擁有世俗的地位和名聲，可是缺乏高遠的理想，生命還有什麼意義？第四段就是延續上一段的情境，描寫一個失血生命無聊的舉動。每天晚上衣香鬢影、燈紅酒綠，在名片之中打轉，在一堆蒼白難記的臉中週旋，似乎荒唐卻又必需。這種雞肋似的文明，真是讓人期待又怕受傷害。最後作者為我們安排了一場諷刺的畫面，每晚應酬的結果是：把所有的名片餵一根憤怒的火柴，一切的努力都化為灰燼，而那隻戲劇性竄走的蟑螂，是作者用來嘲諷猶如行屍走肉的人生吧。當生命只是為了生活；而生活只是為了活著，這樣的生命還有什麼價值？

余光中先生這首〈收藏家〉，為我們描寫了童年期與青春期生命的共相，也寫出了現代社會中迷失的殊相。有美麗，有幻想，也有失望。美麗、幻想讓我們回味與珍惜，失望的苦果卻讓我們深自警惕。生命是什麼？是高懸的日月、飛揚的雲彩，抑是涓涓的細流？不管絢爛也好，平淡也罷，都應該讓他神采奕奕，亮麗耀眼，活得有尊嚴。

每個人都是人生的收藏家，希望您收集的都是人生燦爛的陽光，最甜美的回憶！

生命的掙扎與超越

——試析陳義芝〈我要一個旅程〉〈溪底村〉〈燈下削筆〉

成長中的生命，就像浴火的鳳凰，必須經過一番苦痛的掙扎，才能臻於完美。文學作品，是人類心靈思索的記錄，印滿了掙扎與超越的痕跡。由於這樣的翻越，生命於焉完成。

陳義芝的《不能遺忘的遠方》，是他「一次次思想情感的冒險，通過自己對生命凝視角度的修正，完成心靈的洗禮。」（序頁二）檢視書中的詩作，有幾篇正是這組文字的佳構，透過這些作品的淬鍊，讓我們看到生命的嫩芽，正在滋長、茁壯。

讓我們透過他的詩作，來看看生命的掙扎與超越。

我要一個旅程

請給我一束光
大太陽底下唱著歌的光
像嬰兒的號啕
給我一種鼻息的擁抱

・・・

請給我一雙鞋
平疇間的一條坦途
像乘著風的手杖
給我一片藍天的安慰

・・・

請給我一張車票
從一個月臺進另一個月臺出

白菊花落了黃菊花開
給我山和海，給我日和夜
・・・
請給我一個旅程吧
一張流浪的唱片不停地轉啊轉
一本天涯的相簿不停地翻啊翻
一卷和一生等長的錄影帶不停地放啊放
・・・
還要一顆薄倖的心，兩片絕情的脣
一雙孤獨求去流著淚的腳步
永遠就是——永遠
　不要固定的家

這首詩，色調灰暗，直指現代人的徬徨、重壓以及強烈的渴望。透過不斷的希求，在流著淚的腳步中，從詩人的眼裡，我們看到了現代人心底的聲音。

首段，用擬人法寫渴求一束大太陽底下唱著歌的光；這絲會唱歌的光，是穿透人生重重黑暗雲層的希望之光，是紛亂人世中已經失去的價值之光。需求的程度，就像號啕的嬰兒，期待母親緊緊的擁抱那般的强烈。感受得到鼻息，表示無限的熱情，這種擁抱是真實的，不是那種樣板式、客套的禮貌。

次段，渴求一條坦途。這條坦途，和現實的崎嶇多險是强烈的對比。人生之路本就坎坷，需要奮鬥，但是當前的環境，還要面對詭譎的風波。這種挫折感，需要如同風的輕靈，如同浩瀚的藍天般的盛情、真心的安慰來化解。純淨的藍天、沒有任何汙染的藍天般的情感，是詩人心中的渴望，這種心情是對現實的諷刺。

在忙碌、冷漠，失去真實情感，而又顛簸屢屢的現實環境下，詩人心裡渴望自由，所以在第三段渴求一段漫長的旅程：「從一個月臺進另一個月臺出」象徵寬闊的空間，從人與人，而家與家，國與國，甚至全世界。沿路有芬芳的花朵爲伴，有山與海隨行，沒有任何界限。在現實的世界裡，人受到許多約束，難以施展；詩人於是渴求天寬地闊的世界供他馳騁。這段自由的旅程，詩人在第四段，提出了更明確的方向：讓流浪的唱片唱出流浪的生活；讓天涯的相簿，貼滿走遍天涯的腳步；讓長長的錄影帶播出漫長的旅程。

最後，詩人甚至自我放逐式的出走：像現代人一樣薄倖、絕情，永遠不要固定的家。但這是真正的歸宿嗎？詩人在「一雙孤獨求去流著淚的腳步」中告訴了我們答案：既是流著淚，就不可能心甘情願，所以詩人的流浪、放逐，都只是負氣，只是對現實世界無奈的抗議而已。詩人的心，還是祈求「一束大太陽底下唱著歌的光」、「一種鼻息的擁抱」、「一條坦途」、「一片藍天的安慰」，那種雖平凡，卻最真誠的愛。

科技進步、物質導向的時代，人在物慾的海裡浮沉，詩人敏銳的心，爲我們測度了這個時代的迷失，在詩人灰色的調子裡，我們聽到了源自心靈深處掙扎的聲音，激起無限的共鳴。

溪底村（一九五九）

——大肚溪流域之一

馬燈掛在漆黑的夜裡
木瓜藏進米缸裡

冬天才剛開始
海濱木麻黃就一排排奔跑
散髮唏噓，又靜止張望
從溪口颳的風，一團人似
急行軍過

·
·
·

屋内燈火無力
照料燒出疹子的弟弟
黃昏血崩的母親仍沈沈昏睡
狗哭斷續，迴盪
一頂扯破的蚊帳
惶惶如泥塗的草繩

·
·
·

來了！馬燈
翻過香茅嶺來了

水尾街上的醫生走過蘆葦地
一隻野鶺鶉竄出
微弱而清楚的雞啼在遠處
夜將醒未醒
漸透出點點的光

• • •

木瓜在米堆中麻漬漬變黃
颱風七月，收音機鎮日播報消息
躁鬱的，一鍋熱滾滾
玉米粥的天氣，過午風雨轉急
瓜棚下僵斃許多昆蟲
硬殼的金龜子仰躺著
黑天牛也落難了

• • •

到處是枝葉的殘宴

風後，我坐在壓水機旁
用濕布抹拭煙熏的燈罩
母親將吹落的青木瓜擦成絲，托上麵粉炸
「一隻鳳凰養九子……」
曾經纍纍的瓜實流出白乳汁
她的故事摻進一股甜膩的油香
・・・
「一隻黑豹披了件紅斗篷，在窗外……」
我按住手指頭微使力
燈罩越擦越亮・
樹林裡的氣息一天天淡
空氣越來越透明，眼看
上學的日子近了

這首詩，是一個艱苦時代的紀錄，印證了人類的堅强和韌性。

全詩分成六段，利用季節和颱風，烘托出一個淒苦卻又溫暖的故事。

首段，利用季節營造悲涼的氣氛。詩人用「一團人／似急行軍過」來形容冬風的強勁和肆虐；用「奔跑」「唏噓」來描寫木麻黃在風中的搖撼。在這黯淡的色調裡，詩人卻又安排了馬燈與木瓜兩個代表希望的伏筆。

次段，出疹子的弟弟、血崩的母親、扯破的蚊帳，寫身陷淒風苦雨中的家庭。但上蒼並不是真心如此殘忍，在幾乎絕望中，第三段裡，馬燈帶來了希望。漫漫長夜苦痛的折磨，因著醫生的蒞臨，而有了「微弱而清楚的雞啼」，夜，也「漸透出點點的光」。上蒼對人們的捉弄，似乎又是有意的磨練，磨練人的堅强與韌性。陳義芝善於用景暗喻，這兩句，正是最好的例子。

第四、五段，用「一鍋熱滾滾／玉米粥的天氣」借喻盛夏。颱風來襲，農村飽受蹂躪：僵斃的昆蟲、金龜子、黑天牛、枝葉的殘宴，無言的呈現一片殘破的景象。但人畢竟是堅强的，「用濕布抹拭煙的燈罩」的動作，象徵重整家園的決心。「木瓜麻漬漬變黃」的喜悅，象徵艱苦的生活中仍有甜蜜的滋味；青木瓜和上麵粉炸，說明天無絕人之路。「一隻鳳凰養九子」借用古典神話讚美母親的辛苦持家。「纍纍的瓜實流出白乳汁」，白乳汁一則寫實，一則寫母愛的哺育。母親的勤苦和愛心，使這個屢受外在苦難折磨的家堅强的站立起來。

第六段，在母親甜蜜的故事裡，「我按住手指頭微使力」，表示重新獲得了力量。「燈罩越擦越亮」、「空氣越來越透明」，顯示由於勤奮，已穿越風雨，爬過苦難的巔峯，前程有了一片光。最後，詩人用「上學的日子近了」暗示了一個嶄新、充滿希望的日子的來臨。窮苦人家，與大地搏鬥，常聽天由命，飽受外在環境無情的打擊，生活有時甚至無以爲繼；而求學，即將擁有足以改變生活環境的力量，改變謀生的技巧，可以脫離貧困，獲得更穩定的保障。全詩就在這一片希望裡悠然結束。

海明威說：「生命，可以被毀滅，但不可以被擊敗。」在陳義芝的〈溪底村〉一詩中，我們看到了台灣歷史上一個時期的縮影，一個堅强奮鬥的生命，讓我們在失意時有勇氣，在挫折時有希望。

燈下削筆

燈下削筆

有很多白天不便細述的事
藏在心底
趁此一刀刀削去
・・・
模糊的光從兩眼穿出
其實說了也沒人懂它啊
暗恨多深刀削也多深
影子垂低了頭不願再說話
・・・
要怎樣才能摘下面具
削掉虛假的臉皮
什麼時候才敢掏心
向誰表露自己的清明
・・・
江湖須面對

惡劣的氣候同時必須
燈下削筆自有寬廣的嚮往之地
但只能在心的版圖上將它占領
有時不免還要撤離
局促於規矩一筆一畫
儘官書寫起來並不歡喜
仍舊姓名年齡經歷及其他

·
·
·

乞求了解的心
先跪下，像夜雪飄零
然後，筆才能在千萬隻焦灼注目的眼中
晨光般精神地站起

寫作，是立言的不朽大業，曹丕〈典論論文〉曾說：「蓋文章，經國之大業，不朽之盛事。年壽有時而盡，榮樂止乎其身，未若文章之無窮。」所以在亂世，要成風雨名山之業；在盛世，更要發幽揚微，暢述心志。古今中外，多少人孜孜矻矻，耕耘寫作園地，永不後悔。

抛開不朽的功業，寫作，其實也是抒發性靈，提升心靈的妙方。這首〈燈下削筆〉，就是描述詩人不悔的寫作志業。

削筆，根據作者自陳，是「喻說寫作」，燈下削筆主要在「選擇燈下作爲自己的天地」（頁四五）。首段，詩人直接切入在燈下寫作的目的：寫出白天在喧嚷的人羣中不便細述的事。譜出的心聲，當是心靈深處最純真的吶喊。第二段感慨的說明這些吶喊，已經難有知音。因爲澄明的心靈之光，早已迷失在滾滾紅塵。在現實的生活中，累積的暗恨，成爲傾洩在筆下的泉源。現實的煙塵愈多，暗傷也愈大，一瀉成爲千里江河，不可扼抑。

第三段，進一步說明催發寫作的動力，源自於現實的虛假與無奈。所以詩人說：「要怎樣才能摘下面具／削掉虛假的臉皮／什麼時候才敢掏心／向誰表露自己的清明」現實的詭譎多詐，使人發出無邊沉痛的哀號。這種心聲，不但是作者，屈原在〈卜居〉中也有同樣的不平：「寧正言不諱以危身乎？將從俗富貴以媮身乎？……」果真是英雄所見。

第四段，義氣慷慨。雖然江湖多風波，但是詩人卻不願臣服；雖然氣候惡劣，但是詩人卻不逃避。寫作的園地，雖只局限於詩人心中的版圖，但卻是詩人自己可以掌握的世界，不必附驥尾便能夠任意馳騁。

第五段，詩人以幽默的筆觸，把飛揚的思緒拉回現實。雖然寫作是自我的志業，但畢竟還有現實的考量。思想在激昂與沉潛之間游轉，筆下的世界自然有馳騁的天空，也有依循的軌道。

末段四行是跪下與站起，謙卑的乞求與榮耀的注目二組對比，明示作者對自我的期許。寫作是千秋大業，態度必須謙卑；謙卑才能虛心，才能付出真誠，完成不朽的作品。然後在衆人的仰望中巍然站起，如旭日般開啓燦爛的光明。

詩人說這首詩是「在喧嚷人世無悔的情志與追求」（頁四五），是他心靈掙扎的記錄。燈下削筆，是詩人在現實生活之外的寄託，是對現實委婉的反抗。這種情懷不是逃避，而是一種挑戰。江湖固然多風波，但如果沒有江湖，何來堅强與韌性的歷練？如何煥發筆下的光華？因此「燈下削筆」是心靈的反芻與觀照，是心靈的提升。

沒有掙扎，就沒有超越！

一切都是必需！

• • •

這三首詩作，都同樣表現了對生命的挑戰。不同的是〈溪底村〉寫的是人與環境的搏鬥。作者所寫的民國四、五十年代（甚至更早的年代），物質極端缺乏，生命像野地裡的小草。爲生活奮鬥，幾乎是每個人努力的唯一目標，流血流汗，爲的只是過著物質無缺的生活。生活目標單純，也容易滿足，一枝草一點露，咬緊牙關，沒有挨不過的日子。

而〈我要一個旅程〉和〈燈下削筆〉二首詩寫的是人與理想的交戰。翻過物質匱乏的關卡，人所面對的是另一場更大的心靈困境。人要讓心靈悠游在文化、藝術的世界裡，沿路卻充滿了荊棘、誘惑。面對艱困的環境，人們展現了堅强的韌性；物質優沃了，面對心靈的坎坷，卻常無力超越‥自我放逐、墮落，最後迷失在滾滾紅塵。

當我們站在這一塊土地上，省思它的成長、變化，這三首詩作，其實是一個鮮明的影像。穿越物質的困境，我們正陷在心靈迷亂的峯巒之中，想要翻越，除了毅力，還更需要智慧。讓我們從〈我要一個旅程〉中醒轉，有〈燈下削筆〉的覺悟，生命將會「在千萬隻焦灼注目的眼中／晨光般精神地站起」。
讓我們共同勉勵，共同祝福！

生命的控訴

——試析陳義芝〈破爛的家譜〉

生命，是莊嚴的、可貴的。

幸福的人生活在尊敬生命的國度，莊嚴的活著；悲慘的生命，連自生自長的自由都没有，除了大自然的災禍，還有令人心酸的迫害。

詩，是作者思想、情感的表白，也是時代的聲音，杜甫的〈兵車行〉，有戰亂的哀號；李白的〈關山月〉有邊塞的悲歌；瘂弦的〈鹽〉，是對幸福生活的呼喚，透過詩人敏銳的眼睛、婉轉的筆觸，譜出了撼人心弦的樂章。

陳義芝《不能遺忘的遠方》中，〈破爛的家譜——川行即事之一〉即是透過返鄉的感觸，爲身陷困境的親人，向世人提出控訴。詩的色彩灰暗，語調低沉，讓人在瘖啞的旋律中，低迴沉思，不能自已。

請您來傾聽這一羣生命苦痛的聲音。

破爛的家譜

——川行即事之一

鬍子拉撒那人頭上紮條諸葛巾
兩腳泥蹦蹦，是我堂哥
三十年沒走離自家坐臥的山窩子
這一回，他陪我過江到縣城
揸著旱菸管喃喃道；人氣滅了
江輪掉頭時
忍不住一陣疾咳

•••

人氣滅了
腰粗的黃桷樹砍了

黑沁沁的山林禿了
通向外面世界的石板路剷了
是，四十年來電還是不通
村中年長的人愈來愈只有遺忘而
無記憶可收藏

• • •

四九年冬，他父親被拋下無名的山溝
五三年，大兄死在鴨綠江東
隔年依次生下的娃兒
三個全是文盲
荒年啃枇杷樹，嚼山上的都巴藤
肚子餓狠了就塞一坨一坨白土
如此倖存

• • •

在臨江的紅薯飯館內

我爲他點一道黃鱔、一盤炒腰花
他拿出那本破爛的家譜
指給我看
「從來萬物本乎天……」

——選自八四·十·廿六中央日報

本詩共分四段，藉著詩人堂哥破爛的家譜，向世人訴說一羣生活困苦的人們。家譜的破爛，不只是年久失修，更象徵家園的殘破、親人的凋零，隱含强烈的辛酸。

首段，寫的是堂哥的外貌和健康狀況。鬍子在臉上恣肆生長的情狀，透過「鬍子拉撒」的形容而躍然紙上。「拉撒」一詞，用得極爲傳神。「頭上紮條諸葛巾」，猶有古風的裝扮，適足以顯出鄉村閉塞的風貌。這行詩句，鮮活的寫出主角不修的外貌，暗喻生活的困苦、失意。「兩腳泥蹦蹦」，用詞巧妙，寫的是農人的鄉土外貌。接下來兩行，寫三十年未曾離開生長的山區，這一回卻陪詩人過江到縣城。我們由此可見主角歷經三十年的封閉，封閉的不僅是外在環境，也是他的內心。農業社會，以自給自足爲主，生活既苦，身體健康不佳，便不會有任何奢望，連進城逛逛，調劑身心的意願都没有，心中的失望與無奈，由「人氣滅了」這句話可知。

第二段，說明「人氣滅了」的外在環境的改變：老黃桷樹被砍了，山林光禿禿了，石板路剷了，環境被徹底的破壞；唯一不曾改變的是建設的落後，一句「四十年來電還是不通」隱含了多少悲涼與失望。難怪老人們只有遺忘而無光榮的記憶可收藏。生活像死寂的潭水，没有任何漣漪，令人茫然。在文明快速進步的時代，這兒是被遺忘的角落。

被遺忘的角落，如果能過著陶淵明〈桃花源記〉中「乃不知有漢，無論魏晉」安然自得的生活，那也是幸福的人生；可是，我們看到的不但是生活環境的改善被遺忘，而且還頻遭人爲的戕害。第三段，就是說明「人氣滅了」的另一個現象──家庭悽慘的遭遇：父親在三十八年國共戰亂中犧牲，大兒在四十二年韓戰中戰死；生下的孩子，没有教育的機會，成了文盲；荒年裡，只好啃樹皮、嚼藤蔓，甚至塞白土充饑（註）。無情的戰爭奪走了親人，這是誰的過錯？不健全的制度和微弱的經濟能力，使子女失去受教育的機會，也失去了擴大視野、改變生活的力量。這些人謀不臧的禍害，使人喪失了最可貴的親人和知識，甚至連老天都要加以淩辱：降下旱災，人像山野裡的動物一般，活得如此卑微、如此可憐，這又是誰的過錯？

末段，寫爲堂哥點菜，是回謝呢還是不忍其破費？不説離別，而將焦點指向破爛的家譜，指向那句頗有雙關的話：「從來萬物本乎天！」一應該有更深的無奈與不平吧！

孔子曰：「天何言哉！四時行焉，百物生焉，天何言哉！」（《論語》〈陽貨篇〉）天生萬物，賜予萬物蓬勃生長的環境和機會，而今，在科技發達、生產進步的時代，四川省一個小山窩裡的善良百姓，竟然没有辦法享受文明的成果，還遭受人類貪婪、殘忍的迫害，這是何等悲慘的事！

破爛的家譜，是因爲生活長期的困苦，無力重修；殘破的家庭，是執政者錯誤的決策，百姓無力抵抗。人在這樣無力的世界裡，怎能莊嚴的活著？又怎能有幸福的人生？

這是一篇生命沉痛的控訴，向世人宣告：人應該有權利讓殘破的家庭復原，重現活力；讓破爛的家譜重修，記下它的光彩和綿延的世代。

這應該不是夢吧！

【註】

據詩人表示，白土是一種白色的軟性泥土。挨餓至極，曾有人吞食白土以充饑的事件，由此可見饑荒嚴重的程度。

滾動人生的鐵環

——試析向明〈滾鐵環〉

滾鐵環

最早最早經營的夢幻
就箍陷在那盈尺的圈圈
短短一枝竹桿
不偏不倚的
把好動的童年
追趕得滴溜溜自轉
儘管滾輾過的，無非

老厝前幾彎碎石小路
獨木橋走得危危顫顫
直覺得就是好驚好險
腳程和腕力
興奮和有趣
不到母親的飯香
永遠不會襲來疲倦
一環失手傾倒
一環換手接力
彷彿整個地球
就是這樣匍匐腳底
穩穩地，任我
驅趕向前

——選自八〇·九·三聯合報副刊

【賞析】

滾鐵環是童年的遊戲之一。是一項需要技巧，趣味十足的遊戲。

在沒有聲光俱佳的電玩，沒有千奇百怪的玩具的年代，只有傳統的童玩，那是大家熟悉的打彈珠、玩瓶蓋、彈橡皮圈……。這些玩具陪伴人們度過童年，留下了無數甜蜜的歡笑。

本詩起首二句便點出滾鐵環是童年最早最早經營的夢幻，是心靈最大的寄託。點出鐵環的意象之後，作者便接著敘述滾鐵環的活動。由於鐵環製作簡單，所以幾乎無分貴賤，任何人都可以擁有。而在遊戲時，童年隨著鐵環的滾動而滴溜溜自轉，這個轉動的意象，充分表現了童年的逍遙自在、快樂無憂。

七至八行，利用「無非」來確定滾鐵環的環境：老厝、碎石小路、獨木橋，鄉野如畫的風光歷歷在目。滾鐵環的活動是腳力和腕力的訓練，而遊戲的本身則充滿了無限的興奮與樂趣；由於這份興奮與樂趣，所以孩子們樂此不疲，非到母親呼喚，決不罷休。喜悅之情和母親的親情洋溢紙上。

滾鐵環的遊戲在悠然而止之後，作者帶領我們進入了深層的心靈世界：在紅塵一番奮鬥之後，始知童年的遊戲無形之中已在心靈營造出一個情境：整個地球穩穩地任我驅趕向前。滾鐵環的孩童不知有多少，但有幾個能激發出這樣的壯志豪情？不過此處用「彷彿」一詞，尚含有變數：「彷彿」只是心頭閃現的靈光，如何化爲行動，就需要決心和毅力了。

這首詩，藉著滾鐵環的遊戲寫出無憂無慮的童年，以及慈愛的母親，並進而經營出一個叱吒風雲、扭轉乾坤的大志，不但情意雋永，而且寓意深長。

生命的源泉

——試析向明〈夏日〉

夏日

窗子外
橫空壓過的烏雲
越來越囂張
已有幾隻雨的黑手
暴力
伸到了
文字困居的書上

我正在耕作的
不也是水土流失的
幾畝荒田麼？
· · ·
面對如此强勢的示威
趕忙把
扶持無力的幾行詩
廢耕
靜聽悶雷
如何自力救濟的
奮力嘶喊

——選自《藍星》第十六期

【賞析】

詩人寫作，外在的景物只是一種觸發，實際上常是藉著外在的景物抒寫內心深沉的感觸。所以柳宗元的〈永州八記〉除了寫永州秀麗的山水，更重要的還在利用山水發抒胸中塊壘：那份懷才不遇的愁悵以及在山水之中涵養、昇華的恬淡心情。向明的這首〈夏日〉也是如此，是透過夏日的景色，交融出自己創作的情懷。

首段，從外在的天氣切入。夏日常見的雷陣雨，化成了作者詩句中囂張的烏雲。接著，由外在的空間轉入內心思維世界。這些風起雲湧的雷雨如同擁有暴力的黑手，侵略到了作者正在閱讀的書本。原本充滿智慧、充滿靈思的書本，爲什麼成爲「文字困居」的所在呢？不免令人懷疑。

在第二段，作者爲我們揭示了答案。文字困居的書本所映照的，是作者自覺創作力日益荒蕪的心田。「水土流失」所代表的是創作力的式微。這種逐漸式微的內在力量，相對於外在的滂沱大雨，是一種强烈的對比，是心靈深層的思索與驚覺。流失沃土的急流，已不是大自然的風雨，是文明世界中閃爍的、物慾的燈火，它的繁華絢麗，蝕盡人們心頭的靈思，往往讓人束手無策。面對這種現象，作者的激問當中，就含有强烈的自責意味了。

在末段，作者配合外在奔騰的大雨，表現了面對心靈强烈的自責之後的處境。

在大雨中，人只能暫棲於家中，傾聽宇宙的雷鳴與雨聲奮力的嘶喊；在心靈創作的困境中，作者也只能暫時「廢耕」，凝望湧動的靈思在吶喊，在衝擊，在尋求一塊可供耕耘的沃土。本詩在激昂的情緒中結束，卻有一絲餘音，開啓了人們心靈的大門，帶領我們去探索。

夏日，在時序中是多雨的季節，作者説它造成了水土流失的荒田，由此印證一段寫作的心路歷程。這種現象，讓我們深深同情作家的遭遇。如何度過這一陣寫作的低潮時期，並能破繭而出，重新展現源泉滚滚的創作活力?你我都需要一番深深的思索。

生命的寂寞與創意

——試析瘂弦〈短歌集〉

瘂弦，是五、六〇年代的風雲詩人之一。他的作品，雖只有八十七首（以洪範版《瘂弦詩集》爲定本計），卻曾經是現代詩的「巔峯谷壑，陰陽昏曉」（洪範版《瘂弦詩集》封底語）。經過三、四十年時間海浪的篩汰，仍然屹立不搖。好詩不在多，要能鼓動風潮，領一時風騷，觀之瘂弦詩作，是最好的明證。

瘂弦詩作，如以張默的分類標準，十行以下爲小詩計，率皆中調、長調，小詩不過寥寥四首，其中更以〈短歌集〉爲最。

〈短歌集〉一詩共有五小首，短至二行，多不過四行。雖名爲歌，卻不全是歡樂之歌，部分流露的是寂寞的況味，令人徘徊低吟，久久不能自已。

短歌集

「你的歌聲爲何如此的短？」一隻小鳥一次被人問道：「是因爲你的氣短嗎？」「我的歌太多了，而我想把這些歌全唱唱。」

——都德 A. Daudet

寂寞

一隊隊的書籍們
從書齋裡跳出來
抖一抖身上的灰塵
自己吟哦給自己聽起來了

晒書

一條美麗的銀蠹魚
從《水經注》裡游出來

流星

提著琉璃宮燈的嬪妃們
幽幽地涉過天河
一個名叫彗的姑娘
呀的一聲滑倒了

世紀病

匍匐在摩天大廈的陰影下
燒掉愛因斯坦的鬍子
痛哭著世紀

神

神孤零零的
坐在教堂的橄欖窗上
因為祭壇被牧師們佔去了

【賞析】

序言引用都德的名句，說明〈短歌集〉寫作緣由。雖然作者自陳，本詩在以有限容納無限；但詩藝其實不在短長，而是在意韻。細讀這五首短詩，便可感受到詩人年輕時敏銳的觸角和靈思。

第一首〈寂寞〉採用擬人法。鏡頭先拉到書齋。空蕩蕩的書齋裡，沒有愛書人的影子，只有不甘寂寞的書籍。喜愛被人摩挲、吟哦的書籍蒙塵了，只能孤獨的自己朗誦給自己聽，這是何等悲哀的現象。透過寂寞的書的自我排遣，詩的範圍由外在有限的空間，拉回到內在心靈無限的空洞、寂寞。這是詩人對低迷的讀書風氣的諷喻吧！

• • •

第五首〈神〉，也有類似的韻味。孤零零的坐在教堂橄欖窗上的神，應該是信徒們仰望的焦點；可是事實並非如此，牧師（或神父、廟祝、法師）成爲神的代言人，甚至以其權勢，成了另一個「神」。真正的神，事蹟逐漸被淡忘，精神日益式微。這首詩，高高在上的神祈，被平凡的祭司所取代，是空間位置的對比；在心靈層面上，人們膜拜能言善道的祭司，與孤零零的、精神感召已徒然成爲形式的神祈，也是一組對比。

瘂弦的感慨並不是沒來由的，當我們看到十六世紀出賣「大赦」（indulgence）的教會，和現代以斂財爲手段的神棍，或者動輒數萬、數十萬、百萬人翹首聆聽的佈道大會，寺廟、教堂日益輝煌，而人心日益迷失，那份孤獨、落寞，油然而生。

〈寂寞〉〈神〉的感慨，肇因於現代人價值觀的巨變。新新人類追求官能的愉悅，外表的華麗，遠離豐富的內在世界。所以在〈世紀病〉中，人們匍匐在象徵龐大經濟的摩天大廈之下，從外在而言，是視覺的對比；從內心來看，是價值感的對比。凡事向「錢」看，還有多少人肯耐住寂寞，皓首窮經，鑽研學術與發明呢？第二句，英雄的基座被打破，人們失去了學習、仰望的目標，接踵而來的是心靈無盡的迷失。因此，一代巨擘愛因斯坦被破壞性的燒掉鬍子。這是利用特殊人物借喻全體，留給人們無窮的想像空間。最後一句，指出世紀病的結果：人們在茫然的風中傷心的哭泣；心，在極大的衝擊中，不知何去何從。

・・・

有些短詩，是閃現的靈光，豐沛創意的結晶，〈晒書〉即是。

這首詩，以想像開頭。銀蠹魚當是在書箱裡常見的小爬蟲，用美麗來修飾，含有書香幽雅的投影。從《水經注》裡游出來，則是詩味、張力十足的句子，令人拍案叫絕。此詩當是作者年少豐沛想像力的激發，略帶與〈寂寞〉一詩相同的慨嘆，書至生蠹，多已蒙塵。在創意之外，有幽幽的弦外之音了。

・・・

〈流星〉一詩，則純粹是强力的聯想作用。將星星比喻成提著琉璃宮燈的嬪妃，琉璃用得極爲傳神，晶瑩閃爍的星星，躍然紙上。末句，呀的一聲，是極爲重要的詩眼。隨著「呀」的聲響，幽幽的天河，響起霹靂；琉璃宮燈閃爍的天空，霎那間，劃過一道燦爛的光芒。詩，在此時戛然而止，留給我們一份甜美的趣味。

生命，有時是莊嚴的，年輕的、敏銳的心，在奮鬥的過程中，難免有寂寞的時候，瘂弦的〈短歌集〉是年少的聲音，在〈寂寞〉〈神〉〈世紀病〉有他內心思索、掙扎的痕跡；生命，有時也充滿意外和趣味，在〈晒書〉〈流星〉中，流瀉出詩人的創意和巧思。

生命，就在這樣既嚴肅又輕鬆的流轉中，成長了！

現代人的孤絕與疏離

——試析焦桐〈擦肩而過〉〈雙人床〉〈露珠〉

對現代人來說，生命充滿了許多矛盾。

科技文明愈發達，回復原始單純生活的慾望愈强烈；商場的風雲愈緊，攜手合作對抗的風氣日益勃興；白天在股票市場衝鋒陷陣，血壓、心情隨著指數起伏，夜裡，又在木魚、金磬聲中尋求寧靜與舒放；交通工具愈來愈快，世界愈來愈小，人的心卻愈來愈遠。

焦桐的詩集《失眠曲》（爾雅出版社）第一輯中有十首描寫現代人的迷惘與失落的作品，令人激起無限的共鳴。其中的〈擦肩而過〉〈雙人床〉〈露珠〉可說是擲地有聲的代表作。現在，讓我們從他的作品中，來探掘現代人的心聲。

1

擦肩而過

關掉這兩扇沉重的門
我哄抱一羣喧嘩的心事
依戀地回到混凝土的身軀
．．．
今天又有二十萬人和我擦肩而過
．．．
插滿碎玻璃的圍牆太高
一個人在思維裡散步
不得其門而入

這首詩共有三段。第一段寫沉重的門隔開自由與束縛。心事既需哄抱，其中的無奈可想而知。「依戀」一詞，說明心中的矛盾情結。混凝土的身軀，是都市叢林擁擠、冷漠的代表，生活在其中，有何情趣可言？但是人卻又無可奈何的選擇了它。在其中忙碌的工作，獲得生活的溫飽，獲得成就、名望；也在其中生活，獲得抵禦風雨的保障。

第二段，短短的一行，誇張的顯示人與人間來往的頻繁，但也無情。接觸面的擴大，並不意味情感的增加，反而是浮光掠影，宛如煙塵消逝無痕。擦肩而過的數量愈多，面對的場景也就愈大，眼光自然愈加遙遠，人與人的溫熱無從傳遞，心，就愈加淒冷。

第三段，插滿碎玻璃的圍牆，是現實的寫照，也象徵人與人之間的隔閡。門既然常關，不相往來，高聳的圍牆也徹底封鎖了人心。馳騁的思維，是人超越環境、美化惡劣現實最後的利器，本該是海闊天空，無所不到，可是如今卻不得其門而入，心靈的孤獨與寂寞可知。

回首凝視那擦肩而過的二十萬人，每個人都是一座封閉的小城，高度文明的鑰匙開啓不了它。人間的情愛，不是科技所能測度和增強的。

2

這種孤獨寂寞的感觸，在〈雙人床〉中，詩人做了最赤裸的表現。雙人床，是生活中最溫馨、甜蜜的地方，在詩人的筆下，卻成了寂寞的溫床。

雙人床

夢那麼短
夜那麼長
我擁抱自己
練習親熱
好爲漫漫長夜培養足夠的勇氣
睡這張雙人床
總覺得好擠

寂寞佔用了太大的面積

前二行，詩人用夢與夜來對照。冷酷的現實斫斷了甜蜜的夢，夜自然就相對的漫長。短暫的夢，也可解做人與人之間相處的短暫，深厚的情感培養不易，知己難求，詩人只好自我排遣，面對漫漫長夜。

最後三行，詩人更利用矛盾的手法，表現了寂寞的程度。雙人床，對個體來說，已足夠寬敞，嫌它太擠，已不是有形的雙人床，而是心靈的版圖裡容不下自我。

至此，我們更可確知，世上沒有絕對的事物。以大地爲床，猶嫌其窄，因爲心無立錐之地；尺寸之間，仍覺其寬，因爲心中有汪洋大海。由於寂寞，雙人床變得好擠，那份悲涼，令人落淚。

3

露珠

一滴露珠
夜來飽受冷暖的折磨
不堪負荷
徘徊在一朵花的臉上
猶豫而寂寞
在夢與醒的角落
被多事的風觸動
一滴清楚的淚
失足跌落

孤獨的況味，在〈露珠〉一詩中傾瀉出來了。

這首詩，第一段提出露珠的意象。此處的露珠，其實不是真正的露珠，而是眼裡的淚珠，心靈的淚珠。這一滴淚珠獨立在第一行，觸目驚心。

第二段，仍然藉外在的夜與花來表現內在的淒苦。露珠在夜裡因爲氣候冷暖的交替而產生，人也因爲人事的冷暖而不堪負荷。露珠徘徊在花的臉上，就像在人的眼眶。「猶豫」的是人愛與不愛，做與不做的意念。「寂寞」的是在現實生活中缺乏一種踏實的歸屬感：人與人間情感的線，因爲過度的競爭而繃斷；人對工作的價值，由於分工愈細而不易找到認同點。在夢想與醒著的現實之間，人的情感往往受到最大的衝擊。美好的夢想一旦遇到冷酷的現實，自然有無限的猶豫和寂寞了。生命退縮到消沉的、幽暗的角落，令人心痛。

末段，由有形的露珠，轉化到心靈的淚珠。詩的主旨於焉呈現。人的挫折、鬱悶愈積愈多，心也愈悲苦。但是，像滿溢的河流，終也有崩潰的時候。有時只是一絲絲的觸動，情感的堤防就天崩地裂了；此處的「多事的風」，就是媒介。輕靈的風，本無法牽動任何情感的波瀾，人會受風的觸動，解除了外在嚴肅的武裝，可以想見心的脆弱。孤獨寂寞的淚，最後失足跌落在現實無情的深淵，讓人發出無窮的浩嘆。

焦桐這一組詩作，直指現代人心中的孤獨、疏離、空虛與茫然。那份人海飄零，何處是歸程的感慨，讓人讀了，有無限的共鳴，也心生警惕：在現實龐大的壓力之下，在忙碌的工作之餘，在冷肅的人情之中，我們應該如何超越這些障礙，讓我們的心重燃希望之火，讓社會享有進步的文明，也有溫暖的人情？不過，焦桐的《失眠曲》系列，爲我們揭露了現實社會的悲苦，卻尚未預告一個嶄新的方向，我們在警惕之餘，也寄予深切的期盼，經過混亂、汙濁世紀的煎熬，能化成生命的智慧，走出一季繁花似錦的春天。

生命的眼睛

——試析隱地〈眼睛坐火車〉

眼睛坐火車

眼睛好久沒有外出旅行了
我帶著它坐火車
讓它欣賞窗外的風景
・・・
火車上年輕活潑的小孩
讓眼睛看到生命的成長
也感覺到自己寄居的

主人正在衰老

·
·
·

身旁另一位更衰弱的老人
突然一頭斷了氣
停車的時候有人抬著擔架
將屍體運走了

·
·
·

有人下車　有人上車
有人死亡　有人誕生
人和人
一代又一代交換著生命

·
·
·

宇宙繼續滾動著
旅行回來的眼睛
看到窗外綠油油的大地原野

也看到了生命的停頓
・・・
就像火車一班班
不停地往前開
昨天的眼睛
不是今天的眼睛
今天的眼睛
也不是明天的眼睛

——選自《法式裸睡》・爾雅出版社

【賞析】

在物質文明高度發展的現代，爲了指引人心的迷亂與滋潤日益乾枯的心靈，文學創作除了延續原有經世與教化的功能，在表現的手法上，更重視創意與趣味；可惜兩者兼備的並不多。隱地先生的〈眼睛坐火車〉是篇難得的兼具創意與趣味，又有深刻寓意的作品。

〈眼睛坐火車〉是一個相當搶眼、具有詩味的標題，作者在題目和第一段就抓住了讀者的焦點。出外旅行的主角是「人」，身體各器官當然包括在內；强調帶眼睛去旅行的用意，應該是暗指許多旅行者缺乏「心眼」。因爲旅行不只是外在空間的移動，也是內在心靈的觀察體會。所以首段作者寫的雖是讓眼睛「欣賞窗外的風景」，著墨處卻在人生的變化而不在美麗的外在環境，正是這種寓意。

二至五段，作者從旅行「欣賞風景」的第一個層次轉入「體會人生變化」的第二個層次：第二段利用對比的方式，寫生命成長的喜悅與衰老的黯然。第三段則用戲劇性的手法進一步寫生命的隕落。第四段藉由上車、下車的動作轉而說明生命生與死的輪迴替換。第五段則用「窗外綠油油的大地原野」表示生命的成長與希望，「生命的停頓」則是生命另一個凋零與絕望的面貌。

末段，利用譬喻法及複疊法說明人生旅途的變化是極其自然的事，寓意深刻又有節奏感。生命不斷變化，宇宙現象不斷改變，眼睛裡的世界也一天天迴異；有情的人類面對這個瞬息萬千的無情世界，會有什麼感受呢？作者並未明說，但是如果旅行時曾有「心眼」伴行，當可以感受到生命成長與收穫、死亡與再生自然又偉大的現象。

「天何言哉?四時行焉，百物生焉，天何言哉?」（《論語》〈陽貨〉）生命的眼睛是感受天地運行的心靈，只要敞開你的心，無論在生命疾馳的火車裡，或是生命的高山與平野，凡是過眼的，必會印下痕跡，凡是歌唱的，必會響起琤琮旋律！

迷亂與秩序

——試析隱地〈耳朵失蹤〉

有人說二十世紀末是偶像幻滅、英雄基座倒塌的時代。真理不再是真理，各種秩序重新定位，所有名物重新解讀，媒體主宰一切聲音；倫理不再，溫柔不再，集體取代個人，成功的定義就是金錢。新新人類崛起，「天才」是天生的蠢才，「英俊」是英國的細菌。凡事「只要我喜歡，有什麼不可以」；「只要曾經擁有，不在乎天長地久」；社會舞台變動劇烈，媒體塑造的是三分鐘英雄，大起後就是大落。許多人在其中迷失了，隱地先生的〈耳朵失蹤〉就是這個迷亂時代的省思，激起「舊人類」無限的共鳴。

耳朵失蹤

黃鶯還肯歌唱嗎？
口沫橫飛的年代
所有的嘴巴都在尋找耳朵

・ ・ ・

每一隻患了不停説話的大嘴巴
爲耳朵的不再勃起
鬱鬱寡歡

・ ・ ・

説 speak 説
整座城的嘴巴
全在張合著
人們的臉變得像一架探照燈

四面八方通緝
逃亡的耳朵

——選自《法式裸睡》·爾雅出版社

【賞析】

首段，點出耳朵失蹤的主題。耳朵失蹤的原因，在「黃鶯還肯歌唱嗎？」裡指出了答案。在講求感官刺激、激情的時代，媒體已被激烈的、暴力的聲音所掌控。不正是屈原〈卜居〉所痛責的「黃鐘毀棄，瓦釜雷鳴」的亂象嗎？烏鴉狂啼，黃鶯哪肯再歌唱？失蹤的耳朵是良心的耳朵，與被拋棄的口沫橫飛的嘴巴是一組強烈的對比，詩的張力於焉展現。

第二段，是詩人的預言：時代的迷亂，人心的爭逐，應只是陣痛，一旦大嘴巴失去魅力，都在尋找耳朵時，將是嶄新時代的來臨。人們厭棄了高分貝的、歇斯底里式的、顛倒是非的聲音汙染，而回到溫柔的天籟：真理回歸真理，秩序重新秩序，一切充滿生機。

當詩人的預言成真，當大嘴巴尋不到耳朵而鬱鬱寡歡時，我們解讀第三段將有另一層體會：大嘴巴仍是被拋棄的大嘴巴，被追緝的耳朵，不再只是良心的耳朵，還有曾經被那美麗的謊言所迷惑，如今已經清醒的耳朵，它們像雲翳的光，重又璀璨起來。

嘴巴有說話的權力，耳朵應也有拒絕的權力。在這充滿迷亂現象的時代，隱地先生的〈耳朵失蹤〉是一首沉重的呼喊、充滿期望的預言，讓我們黯然，也讓我們燃起希望。我們堅信：當「瓦釜毀棄，黃鐘雷鳴」，一切迷亂終將消失，秩序重新建立。

戰爭的回憶

——試析洛夫〈時間之傷〉

時間之傷

1

月光的肌肉何其蒼白
而我時間的皮膚逐漸變黑
在風中
一層層脫落

2

門後掛著一襲戰前的雨衣

口袋裏裝著一封退伍令
陽臺上的曇花
白白地開了一夜
時間之傷在繼續發炎
其嚴重性
絕非念兩句大悲咒所能化解的

3

又有人説啦
頭髮只有兩種顏色
非黑即白
而青了又黃的墓草呢？

4

至於我們的風箏
被天空抓了去
就沒有一隻完整地回來過

手中只剩下那根繩子
猶斷未斷

5

只要周身感到痛
就足以證明我們已在時間裏成熟
根鬚把泥土睡暖了
風吹過
豆莢開始一一爆裂

6

有時又不免對鏡子發脾氣
只要
全城的燈火一熄
就再也找不到自己的臉
一拳把玻璃擊碎
有血水滲出

7

那年我們在大街上唱著進行曲
昂昂然穿過歷史
我們熱得好快
如水
滴在燒紅的鐵板上
黃卡嘰制服上的名字
比槍聲更響
·
·
·
而今，聽到隔壁軍營的號聲
我忽地振衣而起
又頹然坐了下去
且輕輕打著拍子

8

想當年

背水一戰
……
暮色四起
馬羣騰空而去
隱見一位老將軍的白頭
從沙塵中
徐徐
仰起

9

涉水而行
我們的身子由泡沫拼成
猛抬頭
夕陽美如遠方之死
……
水面上

一隻巨鷹的倒影
一閃而没
我們能泅過自己的內海嗎？
最後把所有的酒器搬出來
也無補於事
用殘酒
在掌心暗自寫下的那句話
乍然結成冰塊
體內正值嚴冬
・・・
爐火將熄，總不能再把我的骨骼拿去燒吧

——選自《因爲風的緣故》・九歌出版社

【賞析】

〈時間之傷〉是一首低沉的調子，是對昔日歲月的傷懷，從詩中描述的人物看來，也可以說是爲一羣崇高卻又卑微的生命做註解。

在結構上，作者分成十個章節；在感情上，透過對比的方式寫出昔日的叱吒風雲和今日的孤單寂寞。

第一章的白與黑是一個對比：月光的白屬於大自然的，是永恆的；時間的皮膚暗喻自身的肉體，是短暫的，在時間的風雨中，人如白千層的樹皮，逐漸老化，一層層的脫落。

第二章，前兩句寫出自己的身分，但從「掛著」和「口袋裏裝著」也隱含了昔日的風雲和今日的平淡的對比。接著用白色的曇花哀悼逝去的歲月，再點出詩題：時間之傷。

第三、四章，是對未來的感慨：在人間，只見生命由青春逐漸老去，而化爲黃土之後呢？從此就只能消失在天地之間，青了又黃，黃了又青，無人聞問。人生的價值是什麼？對大多數平凡的人來說，應該是一種無奈的結局吧！而更無奈的是，如同風箏的生命，既經豁出，就是一種悲劇。對大多數經歷過抗戰及國共內戰的老兵來說，這種宿命的悲劇，是何等的悲悽。

第五章和第六章，藉豆莢的成熟、爆裂，譬喻自己也將如同豆子一樣，將要埋進泥土。那種如同百草一樣埋沒在一抔黃土的感覺，讓人陷入一種徬徨無定的情緒。只要失去生命的燈火，失去生命的舞台，在歷史中再也找不到自己了。所以作者憤怒的擊向殘酷的現實，即使傷痕累累，也不後悔。

七、八、九三章，寫的是昔日的歲月：青春的生命，熱情像水滴在燒紅的鐵板上，他們把生命獻給了國家，在戰火中，昂然的寫下歷史。而今日呢？退伍後的日子，仍然習慣性的在軍號聲中振衣而起，卻只能頹然的坐下，因爲生命中最寶貴的歲月已經不再了啊！當年的背水一戰，決定了海峽兩岸分隔的命運。然而在大時代中的兒女們呢？「一將功成萬骨枯」，失敗者則更令人不忍卒睹。生命如同泡沫般的眇小，死亡，最多也只像美麗的夕陽吧！年輕時自許爲「巨鷹」，壯志豪情卻隨著年老而沒入水中，這種對生命價值的失落感，作者反問自己：能超越自己內心的寂寞、孤獨嗎？

第十章，回到冷酷的現實。昂然穿過歷史的年代已經遙遠，歷史終究只是將他們整體一筆帶過。絢爛之後的冷清，只有用酒來溫熱；但是酒只能短暫的麻醉。酒酣耳熱時仍然有一腔「老驥伏櫪，志在千里；烈士暮年，壯心未已」的豪情，醒來後，卻又化成冷冰冰的現實。生命的爐火即將熄滅，希望也一點一滴的消逝。詩在最後的反詰中，沉痛的畫下句點，留給我們深深的思考。

這首悲涼的調子，仔細想想，是多少退伍軍人的吶喊！他們年輕時，飽受戰火的摧殘，出生入死，把生命獻給了國家；來台退伍後，大多只能在各地的榮家裡，遊魂似的、無奈的過他們的餘生。他們沒有根，因爲家是一個只能在夢中想念的名字；他們沒有親人，戰亂剝奪了他們享受天倫的機會。他們以生命創造了這個時代，時代卻給他們悲劇的生命，難怪洛夫先生要發出這樣沉痛的聲音。

這首〈時間之傷〉，傷的是崇高卻又卑微的的生命。讀了這首詩，面對生命的悲劇，讓我們對苦難的時代有新的省思，新的啓發。

愛與恨

——試析李魁賢〈輸血〉

輸血

鮮血從我體內抽出
輸入別人的血管裏
成爲融洽的血液
・・・
我的血開始在別人身上流動
在不知名的別人身上
在不知名的地方

和鮮花一樣
開在隱秘的山坡上
在我心中綻放不可言喻的美
・・・
在不知名的地方
也有大規模的輸血
從集體傷亡者的身上
・・・
輸血給沒有生機的地方
沒有太陽照耀的地方
徒然染紅了殘缺的地圖
・・・
從亞洲、中東、非洲到中南美
一滴迸濺的血跡

就是一頁隨風飄零的花瓣

——選自《永久的版圖》•笠詩社

【賞析】

捐血，是愛心的表現，是人溺己溺、人飢己飢的行爲；而流血，是殘酷的的悲劇。這首詩，題名爲輸血，其實是對捐血與流血兩種相反行爲的讚美與控訴。

前三段，描寫捐血者的心情。第一段直接由捐血的行爲切入。在生理上，血液的交流，自然有它必備的條件，諸如血型相同或相容。但是，「成爲融洽的血液」，除了是生理的現象之外，也隱含了人與人透過愛心的捐血活動，使關係益發密切，甚至於昇華到血濃於水的層次。族羣與族羣的融洽相處，減少了彼此的衝突，消弭了悲劇的發生，這是世人共同的期望，尤其是在這族羣繁多、也迭有衝突的寶島臺灣。

第二段說明：只要有愛心，血液就會在別人身上流動，那時候已不必在乎是在誰的身上，是在什麼地方，因爲我們知道，熱血必定流在最需要的人身上，在千鈞一髮，挽救了垂危的病人。愛的熱流在生命與生命之間奔騰澎湃，成爲一條感情的大河。

這種愛的感覺，作者在第三段將它比喻成開在隱秘的山坡上的鮮花。隱秘，並非故意躲藏，而是不願刻意宣揚。善事唯有在自然的狀態下進行，才能綻放最美的光芒。隱秘在山坡上的鮮花，當然也有燦爛的容顏，但必須有緣人才能驚豔；就像捐出的血液，終將流動在有緣者身上。此處的譬喻，極爲細膩，也極爲貼切。

後三段，從客觀的角度指陳流血的悲慘。第四段，說明流血的普遍性。不具體說明地點而說「不知名的地方」，是因爲戰爭與衝突此起彼落，多不勝數。族羣與族羣，國家與國家之間的流血，是大規模的、集體的，可見死傷之慘：曹操南征，赤壁一戰，三十萬大軍血染長江；秦趙長平之戰，趙國四十萬大軍慘遭殺戮；八年抗戰，日軍在南京大屠殺，超過三十萬人。這種戰爭，勝利者的笑容背後，流淌著多少無名英雄的鮮血；失敗者更不知埋葬了多少白骨。

第五段，作者說這種流血是毫無意義的，土地不需要鮮血，只需要汗水的耕耘；輸血給沒有生機的土地，只是徒然染紅了大地，埋下傷痛的、仇恨的種子。

末段，說明流血的地理位置：亞洲、中東、非洲、中南美，無一倖免；除了悽慘的戰爭，還有恐怖分子的爆炸攻擊事件。血，無時無刻無地不在流動著，令人觸目驚心，所以詩人爲這個流血事件，做了傷感的譬喻：血液是人的生命象徵，鮮血迸濺，生命就像飄零的落花，消失於天地之間。此處的落花與第三段的鮮花，是强烈的對比：一個是燦爛耀眼，一個是黯然萎落。不過，花的凋落是植物圓滿結束的象徵，是果實萌發的起點，雖有不捨與不忍，但含有希望的種子；可是因流血而夭逝的生命，卻是殘忍的摧折，充滿不甘與痛苦。兩者看似相同，相去卻有天壤之別。

捐血與流血，在作者筆下同樣都是輸出鮮血的行爲，但捐血是愛，能促進人與人、族羣與族羣、國家與國家的和諧、快樂、健康與進步；流血是恨，只會造成仇恨、痛苦、破壞與毀滅。在理智與情感的天平上，作者爲我們丈量了它們之間的距離，有歌頌，也有譴責；有喜悅，也有憂傷。讓我們在鮮花的芬芳中鼓帆前進，而不要成爲隨風飄零的花瓣，不甘的離去。

戰爭的悲歌

——試析洛夫〈白色墓園〉

白色墓園

白的
白的
白的
白的
白的
白的
白的

一排排石灰質的
臉，怔怔的望著
一排排石灰質的臉
乾乾淨淨的午後
一羣野雀掠空而過
　天地忽焉蒼涼
碑上的名字，以及

白的　無言而騷動的墓草
白的　岑寂一如佈雷的灘頭
白的　十字架的臂次第伸向遠方
白的　遠方逐漸消失的輓歌
白的　墓旁散落著花瓣
白的　玫瑰枯萎之後才想起被捧著的日子
白的　馬尼拉海灣的落日
白的　依然維持彌留時的
白的　體溫，一萬七千個異國亡魂
白的　依然維持出擊時的隊形
白的　數過來，數過去
白的　依然只是，一排排
白的　一排排石灰質的臉
・・・
地層下的呼吸　白的

沈沈如砲聲起伏　　白的
這裡有從雪中釋出的冷肅　　白的
不需鴿子作證的安詳　　白的
一種非後設的親密關係　　白的
存在於輕機槍與達達主義之間　　白的
月光與母親之間　　白的
水壺和乾涸的魂魄　　白的
鋼盔和鳶尾花　　白的
聖經和三個月未洗的腳　　白的
嚴肅的以及卑微的　　白的
在此都已曖昧如風　　白的
如風中揚起的　　白的
一襲灰衣，有人清醒的　　白的
從南方數起，一小撮一小撮　　白的
有磷質而無名字的灰燼　　白的

散佈於諸多戰史中的　白的
小小句點　白的
死與達達　白的
都是不容爭辯的　白的

【後記】

今年二月一日起，我與八位臺灣現代詩人，應菲華文藝社團之邀訪問馬尼拉七天。二月四日下午參觀美堅利堡美軍公墓；抵達墓園時，只見滿山遍植十字架，泛眼一片白色，印象極爲深刻，故本詩乃採用此一特殊形式，以表達當時强烈的感受。

本詩分爲兩節，寫法各有不同，第一節以表現墓園之實際景物爲主，著重靜態氣氛的經營；第二節則以表達對戰爭與死亡之體悟爲主，著重內心活動的知性探索，而兩節上下「白的」二字的安排，不僅具有繪畫性，同時也是語法，與詩本身爲一體，可與上下詩行連讀。

——一九八七·三·三十

【賞析】

洛夫先生的詩，在形式上頗多創意，這一首「白色墓園」就是其中之一。

本詩在結構上比較特殊的是「白的」兩字的安排。一在上方，一在下方，形成了別緻的組合。「白的」指的當然是白色的十字架，它們整齊的排列在馬尼拉美堅利堡美軍公墓，作者將它們重現在詩作之中，有具體形象的效果。

詩分成兩段。第一段以表現墓園之實際景物爲主，著重靜態氣氛的經營。前三行，把墳墓擬人化，一個個石碑緊緊的挨著，彼此凝望。接著寫在晴朗的日子，「一羣野雀掠空而過，天地忽焉蒼涼」，這種寫法，與王維的「鳥鳴山更幽」有異曲同工之妙。飛翔的野雀，倏地驚醒了怔怔的遊客，回到令人悲涼、心傷的墓園。這兩句，使整段靜態的氣氛中泛入了一波連漪。接著視野從碑文移到墓草，然後用「岑寂一如佈雷的灘頭」的譬喻，點出墓園與戰爭的關係。逐漸消失的輓歌，說明這已是遙遠了的歲月。「玫瑰枯萎了之後才想起被捧著的日子」含有極深的寓意：人總在失去之後才懂得珍惜；遍嘗戰爭的痛苦後才知和平的重要；對長眠於墓園中的英魂而言，死亡後才顯出生存的可貴。接著七行說明白色墓園有一萬七千個忠魂，「出擊的隊形」是洛夫先生莊嚴的賦予他們死亡後仍然具有英雄的氣概。

第二段，係以表達對戰爭與死亡之體悟爲主，著重內心活動的知性探求。首先用誇飾法，想像在地下安息的一萬多位英靈的呼吸如同隆隆的砲聲。墓園裡給人的感覺是如雪的冷肅和安詳；而戰爭與死亡呢？戰爭本身就包含了無限的矛盾：仁愛與殘暴，節儉與浪費，和平與殺戮，亦如同機槍與反抗戰爭的達達主義的對立。死亡，則是人類所有行爲的結束，無論是水壺和乾涸代表物質上的對比，或是鋼盔和鳶尾花暗喻戰爭與和平的對立，或是聖潔的聖經與污穢的腳，嚴肅與卑微，此時都已不必計較，因爲死亡後，對死者而言，一切已毫無意義。位於馬尼拉的美堅利堡美軍公墓，一萬七千名爲一場愚蠢的、血腥的戰爭犧牲的靈魂，在歷史浩瀚的時空來看，他們也只不過是一小撮一小撮的灰燼，以及書上的小句點而已：這是人的無奈和悲劇，他們正在此，一起向這世界做最沉痛的控訴。最後，作者也很無奈的下了結論，不管累積多少歷史的教訓，死亡和達達的戰爭，都是平凡的你我所無法置喙的，它雖是愚昧，卻無法用理智來說服；它雖殘忍，卻無法用仁愛來化解；儘管再不願意，卻不得不爲它而衝鋒陷陣，而犧牲，對美堅利堡美軍公墓的英魂來說是如此，對當今世界各地不斷發生的內戰、國與國之戰來說也是如此。文明的進步，並未給人類帶來多少免於戰爭的智慧，這是多麼悲哀的事！

戰爭是無情的、悲慘的；無論是古代，或是現代，它都是血腥的代表。面對一片壯觀的白色墓園，我們除了想像勇士們的忠誠之外，更多的是對人類的無知而悲哀。不知何時，我們才能脫離戰爭的陰影，迎向和平的陽光？

遠離傷碑

——試析李魁賢〈碑〉

碑

總是在爭執過後
在心靈受到創傷後
才想到建碑
給予安慰

碑
卻標舉著創傷

在陽光下
刺痛了眼睛
・・・
如果真正以深情的愛
彌補了嫌隙
碑不再是紀念物
而是信物

——選自《黃昏的意象》・台北縣立文化中心

【賞析】

民國三十六年二月二十八日，在台灣，由於一場嚴重的衝突，生活在福爾摩沙的子民始終存在著一道深深的溝痕，長期以來，一直是政府沉重的負荷。直到民國八十四年，二二八和平紀念碑落成之際，李總統登輝先生一場感性的演說與代表政府道歉的宣示，才使得傷痕有了正面、良性的舒解。李魁賢的〈碑〉寫於八十一年，正是倡議如何和平解決此一事件最熱烈的時刻。詩人有感而發，透過對碑內在的反省，爲世人詮釋它的深義。詩中没有怨恨的吶喊，只有深思的痕跡，蘊含了深切的期待。

首段，寫碑的誕生起源於爭執。鑑諸歷史，大規模的爭執無可避免的會發生戰爭：宗教的、種族的、國家的。一旦發生戰爭，往往造成了慘重的損傷。即使誤會冰消，仇恨化解，但是傷害已經造成。痛定思痛，爲了撫平傷口，而有了建碑的計畫。安慰的對象，既是死者，也是生者，透過檢討、和解，來避免重蹈覆轍。但一句「總是」，卻提出了强烈的懷疑。時光彷彿回溯到遠古時代，千百年來，人類不知歷經了多少教訓，歷史的悲劇仍然不斷的上演著。這一句「總是」，透露了多少的無奈與感慨。

第二段，寫碑給人的感觸。碑既是傷痛後的產物，每個碑自然都見證了一頁歷史。在視覺上，仰望紀念碑高聳的牌坊標誌，在當事者或後人的眼中，成爲創傷的印記，是可以理解的。灼人的陽光，不僅刺痛了眼睛，刺痛的更是受傷過的、脆弱的心。這一段，透過外在的碑，直揭內心的烙痕，有深沉的力量。

第三段，以設問的方式説明解決爭執最好的方法，不是武力，而是用深情的愛。愛能夠撫平傷口，滋潤心靈，使彼此恢復感情，互信互諒。唯有愛的縫合，紀念碑才不會只是徒然增加的一個風景。能夠如此，碑將從紀念性昇華爲信物。因爲紀念物會勾起人們的傷痛，復仇的火花隨時都會被挑起。唯有昇華到信物，能堅守約定，篤守和平，不再挑起任何爭端，世界才能充滿祥和，不必生活在碑的陰影下，悲傷、恐懼、後悔的過日子。

這首〈碑〉，是悲劇的碑。從外表看來，它雖只是個標誌，但卻是心靈上永遠的烙痕。在歷史遼闊的夜空中，是一束充滿怨恨的、不甘心的火花，時時觸動人們的心靈，傷害彼此的感情。詩人透過對碑特質的探討，爲人們揭示了一條遠離傷碑（悲）的道路，用深情的愛來彌補傷口，讓錯誤的歷史歸於歷史，生命才能放懷高歌，世界才能和平安樂。

世界的桃花源

——試析白靈〈沒有一朵雲需要國界〉

幸福安樂的生活是每個人最基本的希望。陶淵明在〈桃花源記〉裡爲我們勾勒了「黃髮垂髫，並怡然自樂」的天堂；《禮記》〈禮運大同〉篇中，先賢爲我們揭了儒家政治的最高理想：「男有分，女有歸，鰥寡孤獨廢疾者皆有所養」的和樂世界。近年來，有識之士積極倡議「地球村」的觀念，以期結合所有國家與族羣，成爲一個休戚與共的生命共同體，不再有餓殍滿野的饑荒，不再有慘絕人寰的戰爭。白靈以之爲書名的力作〈沒有一朵雲需要國界〉，正是這種國際觀的闡釋，全詩意義深遠，氣勢磅礡，令人擊節讚賞。

沒有一朵雲需要國界

——致國際筆會訪華團文友們

朋友，沒有一朵雲需要國界
自西而東，自東而西
一朵雲牽另一朵雲又一朵雲
混合，湧動，從從容容
包裹住地球，以全然的寬懷
（從衛星圖片你可以看見）
不曾，從不曾叫地球停止旋轉
這一朵，或許起自湖的遐想
下一朵，也許源自山谷的噴湧
這一刻，才偎在東方拉起黎明
下一刻，又飄到西方放下黃昏

朋友，也没有有一朵雲永遠停在空中
更多時候是回吻地球
春天，以雨水的多情撐開花朵和繁華
炎夏，劈閃電的利刃爲地球的旋轉充電
秋日，放霧的紗帳迷濛牛羊及都市
冬季，下白雪的晶瑩掩埋落葉和流浪
朋友，這些雲
從没有一朵需要國界
當然也没有一顆心需要
這時代没有誰是誰的國王
因雲的湧動，山川閱讀了海洋
　　　海洋交談了平原
而朋友，什麼是你我心靈的雲朵呢
啊，是文學和微笑吧
一次溫潤的握手

相互停泊的眼色
一朵雲翻譯成另一朵雲
最難得的是，用寬容混合彼此
湧動，並以雲朵相互包裹
那麼在你我之間之內渾圓圓轉動的
朋友，就是小小的活地球了
不，是溫熱、龐然赤紅的
心

——選自《沒有一朵雲需要國界》·書林出版社

【賞析】

地球——這個宇宙最眷顧的星球，蘊育了無限生命，卻因語言、文化的殊異而產生了許多族羣、國家。這些族羣、國家爲了自我的利益，處心積慮擴張勢力，追求更多的財富，導致世界紛爭不斷，衝突屢屢。然而從太空看來，偌大的地球和天際閃亮的小星星一般，閃著藍色迷人的光芒，卻看不到疆界；地球上的人們，在宇宙中的球籍叫「地球」，何嘗有國家的分別。白靈這首詩，前七行即是從宏觀的角度切入，用「沒有一朵雲需要國界」來說明這個現況。雲由水組成，沒有雜質，象徵人純粹的本性。單純的雲在天空自由的遨遊、牽手、湧動，不分國家，沒有族別；以寬懷擁抱地球，滋潤萬物，未曾大肆破壞，令地球停止旋轉。作者以在天空的雲對照現實世界的人；雲的廓然胸襟與人的愚昧爭鬥，優劣分明，令人警惕。

雲沒有疆界，彼此互相融合，他們來自世界各地：有的是湖水的昇騰，有的是山谷的噴湧；有時禪定如僧，有時快速如飆風，追隨日出與日落，由東方至西方，這又是人類最好的寫照。現代的人類，不管是山的子民或海的寵兒，都已無法固守自己的城堡，需要伸出觸角，走向世界。然而在這樣急速交流的風雲之中，人間的衝突、傷害卻層出不窮。在第三部分（十二至十七行），白靈以雲的寬懷與慈愛對照人的貪婪與可悲。雲起自大地，終將回吻地球。多情的雲化爲春天的雨水、炎夏的閃電、秋日的詩情，冬天的白雪，讓地球富麗多姿。作者以深情的筆觸賦予了雨水的靈動，「回吻」「撐開」「劈」「放」「下」幾個動詞使雲栩栩如生。此時的雲似乎已是天地的主宰，世界因他而繁華，也因他而掩淚。這雲又何嘗不是人類的化身呢?人的智慧創造了文明,使地球成爲一顆耀眼亮麗的星球,一個有歌有淚的世界。

最後一部分,鏡頭由雲拉向了主體:人。作者説雲是不需要國界的,心也是如此。人類的互動就像由於水的流動,而使海洋有了山川的記憶和平原的聲息。人與人的交談,靠的則是文學的雲朵。文學抒發各自的性靈,寄寓了對生命的思索,生命的光與熱,使人因了解而握手。藉著翻譯,撤除了溝通的藩籬,在彼此尊重、相互包容之下,人與人之間湧現了一條心靈的激流。水流之處,洋溢著輕歌,世界的呼吸變得律動、勻稱,衝突不再,暴力不再,戰爭不再,一切的悲劇不再,這股動力源自我們心中那顆渾圓轉動的、赤紅溫熱的心!由於這顆心,世界變得溫馨而美好!

這首詩,在技巧上,利用雲的没有疆界暗喻人間也應該拆除那道堅固高聳的圍牆。在內容上,透過雲與人的對比,期待人們利用文學做媒介,藉著彼此的閱讀、溝通,化解相互之間的矛盾與衝突,讓每個人像雲一樣,不再需要國界。在文字的使用方面,有「起自湖的遐想」和「源自山谷的噴湧」的優美想像;有春夏秋冬四季的靈動;也有「山川閱讀了海洋/海洋交談了平原」的大氣勢;最後更利用賓、主的交互運用，雲和人融合爲一，激盪出一顆小小的活地球—我們赤紅的心，更是臻於化境。

世界正在劇烈的變動，人類也正在尋找新的方向，這首〈沒有一朵雲需要國界〉提供了我們一個正確的出口。讓我們共同努力，營造一個世界的桃花源：有花的芳香，鳥的歌唱，有天空的遼闊，海的包容，有雲的悠然，有你我的歡笑！

詩人故鄉的版圖

——試析楊牧〈瓶中稿〉

「楊牧回來了！」這是今年文壇的盛事。去國三十餘載的文學大師回到了蘊育他的土地，成爲國立東華大學文學院的掌舵者。山風海雨的故鄉接納了這個歸人，從此，靈秀的土地注入了一泓新文學的活水，太平洋的濤聲洶湧激盪、奔騰澎湃，豐收可期。

自古以來，騷人墨客去國懷鄉，往往將濃濃的鄉愁化爲思念的羽翼，譜成感人的篇章：無論是「不知何處吹蘆管，一夜征人盡望鄉」（李益．夜上受降城聞笛）的塞外征情，或是「春風又綠江南岸，明月何時照我還」（王安石．泊船瓜州）以及「露從今夜白，月是故鄉明」（杜甫．月夜憶舍弟）的客愁，都是生命旅途深沉的呼喚。楊牧先生的〈瓶中稿〉也是這類的作品。

瓶中稿

這時日落的方向是西
越過眼前的柏樹。潮水
此岸。但知每一片波浪
都從花蓮開始——那時
也曾驚問過遠方
不知有沒有一個海岸？
如今那彼岸此岸，惟有
飄零的星光

·
·
·

如今也惟有一片星光
照我疲倦的傷感
細問洶湧而來的波浪

可懷念花蓮的沙灘？

・・・

不知道一片波浪喧嘩
向花蓮的沙灘——迴流以後
也要經過十個夏天才趕到此？
想必是一時介入的決心
翻身刹那就已成型，忽然
是同樣一片波浪來了
寧靜地溢向這無人的海岸

・・・

如果我靜坐聽潮
觀察每一片波浪的形狀
並爲自己的未來寫生
像左手邊這一片小的
莫非是蜉生的魚苗

像那一片姿態適中的
大概是海草，像遠處
那一片大的，也許是飛魚
奔火於夏天的夜晚
· · ·
不知道一片波浪
湧向無人的此岸，這時
我應該決定做什麼最好？
也許還是做他波浪
忽然翻身，一時迴流
介入寧靜的海
溢上花蓮的
沙灘
然則，當我涉足入海
輕微的質量不減，水位漲高

彼岸的沙灘當更濕了一截
當我繼續前行，甚至淹沒於
無人的此岸七尺以西
不知道六月的花蓮啊花蓮
是否又謠傳海嘯？

——選自《楊牧詩集1》·洪範出版社

【賞析】

這首詩寫於民國六十三年六月，是詩人在美國思念故鄉——花蓮，並思索生命、瞻望前程的詩作。情意真切，感人至深。

首段從視覺寫起。鏡頭採用層遞法，由天地廣大的空間開始，從落日、柏樹拉到眼前的潮水；再由潮水推向遙遠的花蓮，以及兩岸飄零的星光。這是本詩重要的情境：日落時分是屬於鄉愁的。白天忙碌奔波，唯有黃昏最易思鄉，情感的堤防經過一天的武裝，至此潰決。其次，作者用波浪貫串全詩：有形的波浪涵蓋地球，相融相通，所以作者說「每一片波浪／都從花蓮開始」；無形的波浪是作者筆下一個個浪居異國的遊子，「也曾驚問過遠方／不知有沒有一個海岸？」是作者年輕的心靈充滿好奇、憧憬的寫照。經過漫長歲月的跋涉，如今的心情就像「飄零的星光」那般淒清。此處濃烈的懷鄉情緒，令人想起崔顥的〈黃鶴樓〉：「日暮鄉關何處是？煙波江上使人愁」，不禁惻然。

第二段，承接前段的星光，「照我疲倦的傷感」更直接描寫旅居異國的酸楚。而不問自己是否懷鄉，卻「細問洶湧而來的波浪／可懷念花蓮的沙灘？」如同歐陽修〈蝶戀花〉中「淚眼問花花不語」的癡情。明知波浪無情卻細問，心中的孤寂可知。

第三段，藉著向花蓮迴流的波浪詢問，抒寫自己當初負笈異國的決心。人生只能有一次選擇，既然決心投入這一趟旅程，就應該無怨無悔啊，從「翻身剎那就已成型」，可以看出作者在感性的鄉愁中，也有理智的徹悟；雖然抒情，但並不濫情。末兩句溢向無人海岸的波浪，是一波波投向異國的學子的意象。民國五、六十年代，留學是風潮，是年輕人成功的夢，既已選擇，就該努力耕耘啊，無怨無悔。

第四段，是作者對生命的思索。在異鄉的土地耕耘，會有什麼收穫？怎樣才能穿透層層雲霧，迎向生命的陽光？自己未來將是渺小的魚苗，脆弱無根；還是柔嫩的海草，在滾滾紅塵中柔順地生活；抑是像飛魚，在夏天的夜晚，激起一聲聲驚嘆？這不但是作者的疑問，其實也是每個生命最承受不起的重擔，令人不禁黯然。

經過第三、四段對前程及生命理智的思索，末段又回到情感的鄉愁。作者自問：如果人人都是一片片波浪，那麼自己是否就此翻身迴流入海，回歸花蓮，躺在故鄉的海灘，輕聲的歌唱？回鄉應該是每個生命最終的歸宿吧！鮭魚千辛萬苦重回誕生的溪流產卵，然後安然的死去；異鄉的遊子，如同一片片浪游的水波，爲什麼不高唱歸去來兮？然而不能成山成海，縱使回鄉又有什麼貢獻？只有淹沒在逐漸漲高的人海裡吧。楊牧終於沒有歸鄉，選擇了在異國奮鬥，在異國擎起一面屬於中國文學的旗幟。他沒有歸鄉，選擇了「多風多雨多地震的故鄉，是否又謠傳海嘯？」那種讓千千萬萬遊子柔腸寸斷的鄉愁來陪伴，來溫潤。無怨無悔！

〈瓶中稿〉是一個遊子對故土的思念，隨著同屬太平洋的水波，從彼岸飄流到此岸。扭開瓶蓋，散溢出一股濃烈的愛，芬芳不盡。鄉土如果有知，應當甜蜜的一笑吧！

〈瓶中稿〉是一個夢——一個遙念故鄉的夢，如今，隨著楊牧的歸來而埋在生命的深處，讓我們知道：生命對故鄉的情與愛。〈瓶中稿〉已成爲生命的一個印記！

一串亮麗的交通項鍊

——試析張赟〈南迴線上〉

南迴線上

夢想一條頸鍊
串著大武山、臺灣海峽和太平洋
我將從參差疊嶂中穿越隧道，就像
閉著眼睛撥過母親胸前一顆顆珍珠
想像張著瓊麻面紗的海
想像潮聲不斷湧向內陸
和火車的混聲合唱

·
·
·

時速十哩，行經落山風突襲的隘口
歌手墳塋上的草
枝枝都唱起動聽的恆春調
慢行，再一程就成絕響了

·
·
·

十一時到太麻里，候車站裡
魯凱族少年提一籃釋迦果前來兜售
瞳仁的顏色有一段舊事的光彩
當年他出鄉遊學愛唱情歌
我在窗裡驚呼
十節疾駛的車廂都有他的回聲
從遠山傳來

——選自《臺灣詩學季刊》創刊號·八一·一

【賞析】

以鐵路爲題材的作品並不多見，張箕的〈南迴路上〉是其中的佳作。北魏酈道元的《水經注》，以河流爲經，風土民情爲緯，傳誦千古。這首作品，在介紹鐵路之外，並刻畫出沿線人文風貌，可說是現代詩的《水經注》，尤爲難得。

首段，先寫鐵路的地理位置。南迴鐵路東起台東，西至枋寮，穿越大武山的叢巒疊嶂，依傍太平洋與臺灣海峽，全程九十八公里，是臺灣鐵路網中最後連接的一段。沿線大小隧道共有三十五座，鐵路穿越其中，作者將其譬喻成一條頸鍊，極爲貼切。這種天然環境，使詩人產生了如此美麗的想像，不覺令人悠然神往。接著，延續頸鍊的意象，說明穿越隧道，就像撥著母親胸前的珍珠。這個譬喻，將鐵路化爲母親的意象，令人感動，令人覺得無限溫馨。因爲鐵路猶如土地的母親，擔負了連絡、溝通、照顧的責任。由於她，東西兩地的人們往來便捷，物質與人文交流頻繁，居功厥偉。最後，鏡頭將外在環境與火車內部結合。在外在環境方面，將大海譬喻成瓊麻面紗。用瓊麻粗糙的纖維象徵由山坡上的鐵路眺望風吹南臺灣海面的波紋。平靜的大海中，層層的波紋，規律細緻，如同一張面紗，比喻得貼切美妙。而不斷湧來的潮聲是大自然優美的旋律，火車聲則是科技的傑作；混聲合唱象徵融合著自然與科技，人類擎舉著文明的旗幟，在大自然中奮勇前進。在火車喀隆喀隆的節奏中，夾著海潮美妙的歌唱，此處展現的文明的力量與大自然千古不變的愛，令人感動。

第二段，由外在環境進入人文藝術的內涵。延續前段的混聲合唱，由恆春的落山風口，聯想起傳奇性的鄉土民謠歌者陳達。陳達是南臺灣的瑰寶，他的民謠唱腔與韻味，令人動容，難以忘懷；尤其一首「思想起」，滄涼的旋律，牽動多少紅塵往事，撩起多少情感的波瀾。而今墳上青草萋萋，如果塋草有知，應當會朗聲唱起勾動千千萬萬人們懷古思潮的恆春調吧！而「慢行，再一程就成絕響了」，顯示臺灣人文環境的多樣性。由恆春至大武，在空間上只有一程，但在人文的櫥窗上，卻有截然不同的風貌。南臺灣的漢人世界，越過大武山，吟唱的是原住民粗獷的後山之歌。

第三段，呈現的是大自然與人文的色彩。「太麻里的魯凱族少年」一句代表著台東縣的六大族原住民：阿美、卑南、魯凱、雅美、布農、排灣，這些族羣不僅語言不同，風俗也各異，因此呈現多彩的文化風貌，在每年的豐年祭，吸引了無數人們的目光。這些原住民，過去曾有一段光彩的往事，那是奔馳在山林或大海的歲月，山風海雨，蘊育了他們豪放粗獷的心胸。他們原本是大自然中快樂的子民，如今在文明的腳步下，他們多數被迫離開了生長的天堂，在都市叢林中討生活。「瞳仁的顏色有一段舊事的光彩」，流露的應該是同情與不忍吧！即使他出鄉遊學愛唱情歌的歲月，如今都已褪色了。最後，作者利用誇張的筆法，寫魯凱族少年兜售釋迦果的回聲。「十車箱都有」極言火車奔馳的快速，而從遠山傳來的訊息，是魯凱族少年的原鄉，那裡有他最原始的呼吸，最單純的生命羣相。相較於現代文明的快速發展，原住民將如何調整腳步，走出自己的世界呢？讓我們也不禁爲他們沉思，爲他們憂慮。

〈南迴線上〉這首詩，從介紹鐵路的位置起始，進而將外在環境與內在心靈結合。經由奔馳的火車，引領我們欣賞各地的鄉土，有人文藝術的風貌，也有自然的物產；有人類謀生的工具，也有心靈的滋養。透過鐵路，生命的羣相逐次地上演；而生命與文明，也在滾動的車輪中不斷地前進。

在〈南迴線上〉，我們看到的，不僅是一列亮麗的文明列車，也是一首生命之歌。

心事付橫笛，家在萬重雲外

——試析向明「家」

詩是心靈想像的漫步，爲我們營造出一個奇特的世界：它是遼闊的，可以掙脫現實的狹隘；它是圓滿的，可以彌補現實的殘缺；它是溫馨的，可以抵擋外在的風雨與荊棘。在中國文學的殿堂裡，這類作品不勝枚舉：陶淵明的〈桃花源記〉是魏晉紛亂時局下心靈隱居的國度；孟浩然的「還將兩行淚，遙寄海西頭」有思念的傷感；王維的「行到水窮處，坐看雲起時」是悠然自在的心靈饗宴。這些作品寄寓了詩人澎湃的思潮，如水的深情。令人喜愛、感動不已。

在《向明自選集》中有一組十五首的四行小詩，其中的〈家〉在意象的經營及內容的意蘊上，正是這類作品的代表。讓我們隨著詩人的想像，進入家的世界吧！

家

星的眼永不疲憊，因爲她有白晝的溫床
流水的歌最甜，她正趕赴大海母親的召喚
・・・
風這流漢浪最悲哀了
爬山越水的亂跑，故居卻丟在相反的方向

【賞析】

〈家〉在形式上分成兩組進行，星星與流水是一組，風則獨立爲一；這兩組採用映襯的方式進行。在內容上則利用星星、流水有溫暖、舒適的家，對照流浪的風没有家。家的意象在作者的筆下有了深刻的意義。

在家的營造上，作者是成功的。首段，寫星星的永不疲憊，因爲有白晝的溫床。以天空爲帳，大地爲床的豪情，是何等美妙！這個床鋪是多麼寬廣、舒適。以白晝時間爲眠，休息充足，所以星星在夜晚精神抖擻，熠熠生光，永不疲憊。星星的形象是寧靜的，作者賦予它想像的溫床；而接著的流水是躍動的，所以爲它塑造了歌唱的動作。流水一路琤琤琮琮，流過山林，流過平野，漫長的旅途，風塵僕僕，設若是沒有目標，或是流浪的旅人，早已苦不堪言，何來甜蜜的歌唱？此處寫流水的歌聲最甜，原因是它正趕赴大海母親的召喚。由於母愛的呼喚，子女的心胸充滿慈愛的光輝，有了愛，歌聲自然香甜無比。

寫完星星與流水有溫暖、舒適的家，爲了再度強調家的可貴，在第二段，作者用流浪的風做爲對比。四處漂泊的風沒有固定的家，無法享受家的溫暖，多麼可憐。仔細思索詩句，作者説風「爬山越水的亂跑，故居卻丟在相反的方向」，除了寫有形的風，應當也是作者處境的寫照。這首詩寫於民國四十五年，是他離開大陸老家的第七個年頭。作者在民國三十八年隨國民政府來台，穿渡海峽，離開湖南的故鄉越行越遠，心中殷殷的期望成爲一股濃濃的思愁，此時離鄉的浪子囿於時代的悲劇，終於化爲詩句中流浪的風，令人感受到一股無奈和無限的悲悽。

自古以來，家即是騷人墨客詠讚的對象，杜甫的〈聞官軍收河南河北〉：「白日放歌須縱酒，青春作伴好還鄉」道盡回鄉的喜悅；陸游的〈好事近〉：「心事付橫笛，家在萬重雲外」訴說思鄉的情懷。近代詩人楊喚也有一首〈家〉：「樹葉是小毛蟲的搖籃／花朵是蝴蝶的眠床／……小弟弟和小妹妹最幸福哪／生下來就有了媽媽爸爸給準備好了家／在家裡安安穩穩地長大」同樣膾炙人口。在向明的〈家〉中，我們看到了一個溫馨的家的形象：休息是爲了走更遠的路，家提供了我們像星星白晝般寬闊的床讓我們休息；愛使我們在人生的路上不會孤單，家提供了我們像大海般寬容溫厚的愛，讓我們永遠鬥志昂揚。讓我們祈求：願世界上每個人都有一個舒適的家，釀出香甜的蜜糖；不要像流浪的風，沒有一個溫暖的家；或者像作者一樣，遭逢時代的戰亂，離家越來越遠，成爲一生最大的憾恨。

打開一扇亮麗的門

——試析向明〈門〉

短詩是詩中的驚嘆號。

一首短短的三至四行的詩作，不可能表現太多的意象與思想，因此短詩常是靈光一閃，或是奇特的創思，或是思想的觸發，給人無限的讚嘆與啓示。由於詩短，在意象的經營與句子的修辭上優劣立見，所以現代詩人無不戰戰兢兢，戮力經營，以求妙句天成。在《向明自選集》中有一系列的短詩，其中的〈門〉是最具有代表性的作品。

門

讓可憐的盆景驕傲室內的優遇吧
種子的兩頁綠扉是要開向風雨的
・・・
關不住的呀!當歌鳥輕啄銅環的時候
關不住的呀!當春雷吆喝起程的時候

【賞析】

這首詩在技巧上,第一、二行是採用映襯的方法,第三、四行則是用排比和類疊。因爲用映襯,所以在强調本詩的主旨:走出室內,迎向風雨的效果上很有力量;因爲用排比、類疊的句法和整齊的句型,所以很有節奏感,有極佳的音樂性。在短詩的處理上,這首詩是極爲成功的。

在內容的表現上,這首詩則展現了一種間接的譬喻、擬人技巧,對讀者產生了一種無形的啓迪。

首段用對比的方法寫室內的盆景與迎向風雨的嫩芽。盆景的欣欣向榮、生機洋溢，源自於充足的水分與養分，以及和宜的溫度、陽光，它受到良好的照顧，所以長得茂盛；比起在大自然界中的植物，要忍受乾旱，忍受貧瘠，忍受蟲害……以致奄奄一息，他的驕傲於焉產生。可是這種驕傲，作者卻說「可憐」；可憐的原因是由於他的無知。這種無知本就是盆景的天性，不必苛責，作者此處所要指陳的，當然不是盆景，而是像盆景般無知、驕傲的人類。他們在成長的過程中，受到了許多的保護，擁有優渥的環境，所以長得比別人好，但是卻禁不起絲毫的挫折，絢爛的光芒很容易失去能源而黯淡無光。因此，作者接著說種子的綠葉是要開向風雨的，弦外之音是在說明人一誕生就應當要迎向風雨，接受挑戰。這一組對比，强勁有力，一氣呵成，無論在用詞或意境上，都是無懈可擊。

第二段，在說明生命的力量是何等的巨大。「歌鳥輕啄銅環的時候」是指生命之歌響起時。銅環的清脆聲響與愛唱歌的鳥兒的歌聲，都是最美妙的音樂，象徵人生之歌的迷人。這行詩句說明當我們的生命響起迷人的旋律時，將會充滿了蓄勢待發的無限活力。接著「當春雷叱喝起程的時候」，正是待發的生命揚帆的時刻。生命經過一番沉潛，已有足夠的力量往前衝刺。這時的生命，就像春雷響過的大地，萬物甦醒，生命蓬勃飛揚，不可遏抑。生命的馬力充足，又已出發，前程當然無限寬廣，無限遠大。

向明這首〈門〉，是一道生命之門。生命之門各式各樣，景色和成就也各不相同。當我們在選擇時，可別為室內美麗的盆景所惑，因為那只是禁不住風雨打擊的生命，我們要選擇一扇亮麗的門，像迎向陽光，迎向雨露的植物，讓每一個生命的步伐都能留下紮實的腳印，都能承受挫折的重擊，這樣，生命之歌才能嘹亮、昂揚。

願您謹慎的打開生命之門，迎向陽光亮麗、花朵芬芳的世界。

趣味之外

——試析謝馨〈市場公案〉、熊召政〈曬書〉

《詩》〈大序〉曰：「詩者，志之所之也，在心爲志，發言爲詩。」文學作品是作者思想、情感的表露，新詩亦然。

新詩創作，較之歷代作品，有更寬廣的空間，實驗性作品紛陳，不但體裁多變，內容也多樣，開啓了另一個詩的桃花源。然而無論體裁再變，內容多新，詩的本質仍在。所以嚴肅也好，趣味亦然，詩作背後的寓意，吾人不可不深思。

在忙碌、匆促的現代，閱讀品味已有不少轉變，讀詩已不純然在涵養情志，有時只是休閒的調劑，或會心一笑。茲選析兩首趣味性作品，在莞爾之中，也試著發掘詩人的弦外之音。

市場公案

一切皆以不起訴處分
那些血腥
　與
　暴戾——割切雜陳的動物
屍體　分門
別類的臟腑以及生吞
活剝的魚蝦　在末日
末日的最後審判
・
・
・
甚至悲憫
也成爲一種不合時宜的
矯情　婦人

之仁底誣蔑
已被澄清——菜籃裡
一包包皆是被肢解的
殘酷底見證
．．．
滿腹經綸的
知識分子
最暢銷的書籍是食譜
最熱門的課題是食經
．．．
無關乎靈魂的
超越
茹素　只是個人
品味的抉擇
．．．

一把人間煙火焚毀
所有的檔案
包括懺悔
　　恐懼
　　　與無奈

——選自《創世紀詩刊第九十五、九十六期合刊》

【賞析】

這是一首頗有創意，而且幽默的詩作。把市場上的血腥、殺戮，當成嚴肅的訴訟案件來討論，在字裡行間，卻又可以看出詩人那份故意誇張的趣味。

首段，用「一切皆以不起訴處分」，先行宣布本詩的控訴、指陳，都只不過是詩人的遊戲而已，讀者可以用比較輕鬆的心情來欣賞詩人的創意。接著，將市場上屠宰的肉類及魚蝦，比喻成在做末日的審判。這種寫法，不但有趣味感，而且借用基督最後的審判，有讚美這些動物們爲人類犧牲的意味，詩人對動物的同情也於此可見。

次段，先說明人們食用肉類，與是否具有仁愛的情懷無關：對被殺的動物，可以同情，但也可以不必悲憫。人類雖已接受這樣的觀念：爲了維持生命，可以適度的宰殺飼養的動物或捕捉大自然裡的動物。但是，這種行爲畢竟是殘酷的。菜藍裡一包包被肢解的肉類，皆是見證。這種矛盾的雙重標準，在人間屢見不鮮：殺人是極惡的罪行，但參與捍衛國家民族的戰爭而殺人，卻被讚美；說謊是會被譴責的，但善意的謊言又可以原諒。人在一種似是而非的標準下，「雖不滿意，卻可以接受」，矛盾的生活著。

第三段，含有諷刺意味。滿腹經綸的知識分子，所關心、所研究的，應該是學問的追求和精神的提升；而今卻是食譜與食經。時代的進步，改變了過去的觀念。「一簞食、一瓢飲，居陋巷，人不堪其憂，回也不改其樂。」昔日顏淵的美德，在今日許多知識分子的眼中，已經是一種無能與罪過了。精研食譜，注重口腹之慾，顯示這一代部分知識分子的墮落，也是詩人另一種幽默的嘲諷。

第四段，與第二段相呼應。强調不殺生的「茹素」，也只是個人生活的方式而已，和靈魂的超越無關。這種觀念，在詩人的筆下一再出現，可以看出詩人的用意：生活，只要無損於道德，不必强求一定的模式，人們應有更大、更自由的空間：或悠遊山林，笑傲江湖；或叱吒政商，呼風喚雨；或埋首學術，傳承文化，各領風騷。世界因此而百家爭鳴，而光華萬丈。

最後，詩人用近乎嘲弄的語調來說明：在人間的煙火下，動物的恐懼、人的懺悔與殺生的無奈，都成爲一縷縷煙塵。不會留下任何罪惡的檔案，也不會有人據以定罪。所有市場的殘酷行爲，都只是一陣風，輕輕的在人間留不下任何痕跡。

讀完這首詩，在幽默的趣味中，我們隱約可以看到詩人的另一番寓意：在以人類爲主的世界中，市場的血腥、暴戾都是應該、被允許、與道德無關的行爲。可是如果角色易位呢？我們將如何對待傷及人類的老虎、黑熊？所有的生命共同生活在這個世界上，我們如何尊重牠們？所謂「適度的宰殺」，標準又如何拿捏？在目前大量養殖的時代，動物的價格低廉，動輒就形成浪費與虐待，我們如何珍惜這些資源？

「市場公案」，雖不是法律的公案，但也是良心的公案，我們需要多一些關懷與憐憫，爲人類的殘忍和麻木做一番省思。

曬書

立夏日，我把書搬到陽臺上曬
陽光下，書醒了
我卻瞌睡了
一覺醒來
只見
一隻比水還嫩的蝴蝶
停在
宋版的鉛字上
和那個唐朝的皇帝
調情

——選自《創世紀詩刊第八十九期》

【賞析】

短詩，是詩中的驚嘆號。往往在短短的詩作中，給人石破天驚的感動，或是狠命一擊，或是莞爾一笑，意味深長。

這首詩，敍述曬書的工作，平凡到極點，曬書的結果卻是令人嫣然一笑，如夏日飲一碗冰涼。

立夏日，豔陽如火，是曬書的好日子。由於陽光的親炙，軟綿綿的書頁登時乾爽輕盈，神采飛揚，所以說「書醒了」。而曬書，又是一種單調、枯燥的工作，在炎熱的天氣下，不自覺的「瞌睡了」。書與人這兩個有趣的對比，是詩人細膩的觀察。

平凡的工作中，需要獨創的慧眼，才能尋得盎然生氣。詩人在無聊中睡去，又悠然醒來，見到停在書上的蝴蝶，而有了和唐朝皇帝調情的神來之筆。由於這樣的靈思，酷熱的立夏日，掠過了一片清涼的雲朵；煩躁的心，流過一泉溫潤。風聲，是漢儒的低吟；飛塵，是國風的情絲……，萬物都在躍動、高歌！

萬物有情，是因爲人心中有愛。人心的情愛，浩瀚無邊，無遠弗居，蝴蝶可以和唐朝皇帝調情，我們的靈思，何嘗不能遨遊宇宙，神馳太虛！

一首短詩，揭示了生活的趣味，開啓了思想的活路，詩的生命，從此永恆！

詩緣（跋）

年過四十，才認真讀詩，寫詩的賞析，成爲詩人與讀者的橋樑，並且有三本詩評結集出版，讓自己都感到不可思議。

緣分應該回溯到年少輕狂的歲月。那時負笈花蓮，每逢晨昏，常常手持一卷詩集，漫步在七星潭畔，或茵夢湖邊，悠遊在詩人多情的世界裡，編織一首屬於自己生命的詩；詩滋潤了當時青春卻貧瘠的心靈，陪我涉過許多成長的風雨。畢業後，在國小執教十六載，接觸的是天真爛漫的童詩，其餘詩作都在我的案上匿跡。彷佛閉關的法師，新詩的風風雨雨竟然與我無涉，現在想來，只覺得環境化人之深，令人感慨。踏上高中教壇時，已近不惑之年，年少對詩的熱情忽焉溫熱起來。在新詩完全空白的課程中，補充詩作，導引賞析方法，讓莘莘學子在「少年情懷總是詩」的年齡，埋下詩的種子，竟然成了一種「使命」。我們一起悠遊在詩的國度裡，有時驚呼，有時傷懷，詩成了師生最有情的天地。於是讀詩、賞詩成爲生活中的一部分，作品自然就源源而生了。

這本集子所賞析的作品，是個人在詩國旅行中巧遇的佳作，或在發黃的卷册裡，或在新出爐的詩集中，或是報章雜誌。每一次交會，都令我怦然心動，像生命裡難得的姻緣，在心靈裡留下了烙痕。把他們介紹給讀者們，也是一種野人獻曝的心情吧。在中國詩壇燦爛的光環裡，新詩拋棄了傳統的形式與語言，重新學步，雖然尚未光華萬丈，卻也建構了一番新天地，讓我們喜悅，讓我們沈重。我深信：時間與努力會使他更臻完美，匯成一股洪流，融入詩國的江海裡。這本書就是一座橋樑，導引您進入這一個美麗的世界。

感謝國語日報古今文選主編王基倫教授，在那狹窄的文學櫥窗裡，讓我展出新詩的風采；感謝更生日報四方文學版黃臨甄小姐提供「新詩天平」專欄；感謝中國語文主編沈謙教授、中央日報副刊及國語文版編輯的厚愛，讓這些作品得以在不同的園地展現他們的風情，飄飛至各個心靈的沃壤，成山成海成天地。最後，還要感謝爾雅出版社的隱地先生：我們素昧平生，他在接稿的第二天，就「勇敢」的接受了這本書，但願這本書的流通情況，也能像他的熱情，令人感動、驚喜。

每一首詩，都是一方情感的城堡，有花朵，也有智慧，歡迎您來欣賞，盼望您來擷取，讓詩溫潤您的心，超拔您的智慧！

八十六年元月・於台東鯉魚山下

吳當寫作年表

一九五二 ·二月十二日出生於台東縣太平村，是土生土長的農村子弟。

一九五八 ·九月入台東市復興國小。

一九六四 ·三月第一篇習作〈我最喜歡的科目〉發表在《學生廣播週刊》。
·九月考入省立台東中學初中部。

一九六七 ·八月同時考上台東師專普師科及花蓮師專國師科，選擇了後者，負笈花蓮。

一九六九 ·九月作家歸人應聘至花師，親聆教誨，影響至深。

一九七〇 ·五月參加《花師報導》徵文比賽，以〈打開記憶的心扉〉獲得第一名。

一九七二 ·七月奉派至台東縣忠孝國小服務。
·十月十八日入伍服預備士官役。

一九七四 ·八月退役，回忠孝國小。

一九七六 •二月七日與結識七年的女友鍾麗珍結婚。
　　　　 •八月調三民國小。
一九七七 •五月十三日長子立民出生。
　　　　 •六月水芙蓉出版社接受《鷹揚的年代》散文稿。
一九七八 •七月應聘爲水芙蓉出版社特約編校。
　　　　 •八月甄選入台東師專附小，接辦「台東地區美勞科鄉土教材研究」。
一九七九 •三月七日長女立華出生。
一九八〇 •四月散文集《鷹揚的年代》由台北水芙蓉出版社出版。
　　　　 •六月《台東地區美勞科鄉土教材研究》由台東師專附小出版。
　　　　 •十二月編輯《砂城之歌——台東文藝選集》由水芙蓉出版社出版。
一九八一 •三月作文指導《作文、作文，我愛你！㈠》由水芙蓉出版社出版。
　　　　 •十月當選中國青年寫作協會台東分會總幹事，爾後兩年致力推動台東文藝工作。
一九八二 •十一月與台東師院林文寶教授籌辦《海洋兒童文學研究雜誌》。
一九八三 •四月《海洋兒童文學研究雜誌》創刊，係二十五開本，六十四頁，每四個月出版一期，爲國內第一本純兒童文學理論研究刊物。

一九八四
- 七月考入國立台灣師範大學國文系花蓮班就讀。
- 三月作文指導《作文、作文，我愛你！㈡》由水芙蓉出版社出版。

一九八五
- 十二月《童話的智慧（上、下）》由台北金文出版社出版。
- 十月看圖作文「作文種子」開始在《中國兒童週刊》連載。

一九八七
- 三月散文集《永遠的路》由台南久洋出版社出版。
- 四月《海洋兒童文學研究雜誌》出版至第十三期因稿件難以爲繼而停刊，將結餘款陸仟餘元購圖書贈予台東師院兒童讀物中心。
- 六月自台灣師大國文系畢業。
- 十月《作文種子（上、下）》由高雄愛智圖書公司出版。
- 自費出版《兒童文學的天空》。

一九八八
- 三月獲第二十二屆中國語文獎章。
- 八月參加國中教師甄選，介聘至台東市東海國中。
- 九月應業師傅武光教授之命，撰寫「楊喚童詩賞析」在國文天地連載。

一九九〇
- 四月《兒童文學的天空》獲教育部著作獎。
- 八月應聘至省立台東高中擔任國文教師。

一九九一 ●一月協助省立台東社教館辦理「東花地區文藝研習會」。

●二月獲楊昭仁校長支持，創辦「東中文學獎」。

●五月應台灣省國語日報語文中心教學策進會之邀，撰寫二、三、四年級作文教學講義，共計十二本，於九月份起在全省各語文中心使用。

一九九二 ●九月擔任《台東青年》期刊主編。

●九月參加國立台灣師範大學國文研究所花蓮班進修，爲期四年。

●十二月《楊喚童詩賞析》由國語日報社出版。

一九九三 ●四月《楊喚童詩賞析》獲教育部著作獎。

●四月參加高雄師大舉辦之「第二屆中國語文教學學術研討會」，發表論文〈談作文教學電腦化〉。

●四月參加文訊雜誌社舉辦之「花東地區文學會議」，發表論文〈後山巡禮——後山文化的回顧與前瞻〉。

一九九四 ●二月主辦「台東高中第一屆文學研習營」。

●三月擔任「第一屆師院生兒童文學創作獎」初審。

●六月辭《台東青年》期刊主編。

一九九五 ●一月詩評集《新詩的呼喚》由國語日報社出版。
●一月應國語日報語文中心桃園分社之邀，撰寫五、六年級作文教學講義，共計四本，九月份起在該中心使用。
●二月承辦「八十三學年度台灣省高中生文藝營」。
●三月擔任「第二屆師院生兒童文學創作獎」初審。
●四月參加文訊雜誌社舉辦之「台灣現代詩史研討會」，擔任「詩選的性質與功能」引言人。
●五月指導學生參加中國語文學會主辦全國寫作競賽，劉奎麟獲高中組第一名；長女吳立華獲得第二名。
●七月起在《國語日報‧古今文選》陸續發表現代詩賞析作品。
●八月承辦「八十四學年度台灣省高中生文藝營」。
●八月二十六日獲台北市立圖書館之邀擔任「每月一書」講座，介紹《楊喚童詩賞析》（本書獲選爲優良圖書）。
●十二月〈現代詩賞析——山水篇〉幻燈片獲台灣省教育會教學媒體製作獎。

一九九六 ●二月報導文學作品〈用口站起來的人——驃馬勇士林豪勳的奮鬥故事〉在更生副刊連

載一個月。

● 三月起在更生報四方文學週刊撰寫「新詩天平」專欄。

● 四月擔任「第三屆師院生兒童文學創作獎」決審。

● 五月參加教育廳高中人文教育考察團赴歐洲訪問二週，對歐洲的人文藝術，有深切的感受。

● 六月《新詩的呼喚》獲教育部著作獎。

● 六月《新詩的呼喚》獲省教育廳著作獎。

● 八月承辦「八十五學年度台灣省高中生文藝營」。

● 九月《新詩的智慧》獲文建會贊助出版補助費。

● 十一月完成報導台東縣原住民藝術家作品《山海英雄》一書。

一九九七

● 二月《作文旅行》由國語日報社出版

● 二月詩評集《新詩的智慧》由爾雅出版社出版。

「新詩的智慧」索引

向明作品賞析

羅青作品賞析

李魁賢作品賞析

羅任玲作品賞析

308	愛因斯坦的夢(小說)		艾倫・萊特曼著・童元方譯
309	一樣花開(哈佛十年散記)	(散文)	童元方著
310	一天裏的戲碼	(新詩)	隱 地著
311	活著的神話:我爲什麼活著?	(散文)	零 域著
312	愛自己的方法	(散文)	陳幸蕙著
313	黃羊・玫瑰・飛魚	(散文)	席慕蓉著
314	新詩50問	(新詩賞析)	向 明著
315	蟲及其他	(短篇小說)	荊 棘著
316	喜歡自己的人生	(散文)	林貴真著
317	女子有行	(長篇小說)	虹 影著
B01	少女小漁(電影小說)		嚴歌苓・張艾嘉・吳孟樵合著
F01	臺灣現代詩編目		張 默編
F02	當代臺灣作家編目		張默・隱地編
F07	在有限的生命裏種一棵無限的文學樹		隱地・林貴真編

282	在夢裏告別	（散文）	蘇國書著
283	無限好啊！	（散文）	邱七七著
284	評論十家	（評論）	齊邦媛・余秋雨等著
285	成長的迷惑	（小品）	愛　亞著
286	成長的智慧	（小品）	愛　亞著
287	雌性的草地	（長篇小說）	嚴歌苓著
288	失眠曲	（新詩）	焦　桐著
289	青少年的四個大夢（第三集）	（散文）	陳幸蕙著
290	童詩旅遊指南	（童詩）	黃秋芳編著
291	夜戲	（短篇小說）	黃克全著
292	把黑夜帶回家	（散文）	王潤華著
293	印象深刻（篆刻・詩詞・我）	（小品）	吳　放著
294	評論十家（第二集）	（評論）	席慕蓉・沈奇等著
295	斷水的人	（散文）	張　讓著
296	現代人的自得其樂	（散文）	林貴真著
297	一扇文學的新窗	（文學賞析）	張春榮著
298	山居筆記	（散文）	余秋雨著
299	青少年的四個大夢（第四集）	（散文）	陳幸蕙著
300	法式裸睡	（新詩）	隱　地著
301	衣若芬極短篇	（小小說）	衣若芬著
302	鄒敦怜極短篇	（小小說）	鄒敦怜著
303	思　理極短篇	（小小說）	思　理著
304	張至璋極短篇	（小小說）	張至璋著
305	張德寧極短篇	（小小說）	張德寧著
306	第六隻手指	（散文・評論）	白先勇著
307	夢的繞行	（散文）	愛　亞著

256	現代詩創作演練	（新詩賞析）	蕭　蕭著
257	一襲青衫萬縷情	（散文）	琦　君著
258	愛情的花樣	（短篇小說）	喻麗清著
259	十句話（第五集）	（小品）	隱　地編
260	愛喝咖啡的人	（散文）	隱　地著
261	握手	（小品）	愛　亞著
262	與你深情相遇	（散文）	陳幸蕙著
263	現代女性的四個大夢	（生活小品）	陳幸蕙著
264	方壺漁夫	（散文）	沈臨彬著
265	天地一遊人	（遊記）	李　黎著
266	第二名的生活藝術	（散文）	林貴真著
267	青鳥蓮花	（散文）	張春榮著
268	現代女性的四個大夢（完結篇）	（散文）	陳幸蕙著
269	青少年的四個大夢（第一集）	（散文）	陳幸蕙著
270	文化苦旅	（散文）	余秋雨著
271	到綠光咖啡屋，聽巴哈，讀余秋雨	（散文）	蔣勳等著
272	少女小漁	（短篇小說）	嚴歌苓著
273	青少年的四個大夢（第二集）	（散文）	陳幸蕙著
274	備忘手記（「十句話」完結篇）	（小品）	隱　地編
275	寫給春天的情詩	（新詩）	何光明著
276	好一個年輕的下午	（散文）	林貴真著
277	一把文學的梯子	（文學賞析）	張春榮著
278	感情事件	（短篇小說）	孫瑋芒著
279	魯男子	（中篇小說）	梅　遜著
280	翻轉的年代	（散文）	隱　地著
281	三相逢	（短篇小說）	琦君・於梨華等著

230	眾生	（哲理小品）	隱　地著
231	脫走女子	（短篇小說）	愛　亞著
232	多情應笑我	（詩）	蔣　勳著
233	風采（作家的影象②）	（攝影）	周相露攝
234	旅行者	（短篇小說）	藍博洲著
235	初唱	（散文）	席慕德著
236	中國近代小說選㈠	（短篇小說）	莊信正編
237	中國近代小說選㈡	（短篇小說）	莊信正編
238	愛戀，爲什麼不？	（散文）	柏　谷譯
239	如何擺脫丈夫的方法	（中篇小說）	蕭　颯著
240	世間女子	（文學漫畫）	阿嫚繪著
241	有時星星亮	（小品）	愛　亞著
242	青春筆記	（小品）	黄明堅著
243	浮生	（散文）	林貴真著
244	愛的祝福（愛的散文兩家）	（散文）	王令嫻・唐潤鈿著
245	一天清醒的心	（哲理小品）	黃克全著
246	千年之淚	（小說評論）	齊邦媛著
247	兩岸書聲	（書評）	王鼎鈞著
248	悲懷書簡	（散文）	李　黎著
249	年華無聲	（散文）	郭明福著
250	爾雅極短篇	（小小說）	隱　地編
251	白先勇論	（評論）	袁良駿著
252	今宵酒醒何處（路上書）	（散文）	蔣　勳著
253	偶然投影在你的波心	（小品・攝影）	林貴真著
254	來我家喝杯茶	（散文）	呂大明著
255	十二樓憑窗情事	（散文）	愛　亞著

204	袁瓊瓊極短篇	（小小說）	袁瓊瓊著
205	羅　英極短篇	（小小說）	羅　英著
206	喻麗清極短篇	（小小說）	喻麗清著
207	陳克華極短篇	（小小說）	陳克華著
208	邵　僩極短篇	（小小說）	邵　僩著
209	陳幸蕙極短篇	（小小說）	陳幸蕙著
210	隱　地極短篇	（非小說）	隱　地著
211	創世紀詩選（第二集）	（新詩）	辛鬱等編
212	隨身的糾纏	（新詩）	向　明著
213	覓知音	（散文）	康芸薇著
214	驚心散文詩	（詩）	蘇紹連著
215	不枉此生	（散文）	袁則難著
216	姆媽，看這片繁花！	（木刻·散文）	奚　淞著
217	把花戴在頭上（舊金山印象）		喻麗清·唐孟湘著
218	黎明心情	（散文）	陳幸蕙著
219	當風吹過想像的平原	（散文）	張　讓著
220	啊！荷葉上的露珠	（散文）	林貴真著
221	給成長的你	（小品）	愛　亞著
222	茶與同情	（散文）	楊宗潤著
223	左心房漩渦	（散文）	王鼎鈞著
224	單人翹翹板	（短篇小說）	陳輝龍著
225	坐看雲起時	（小品）	宋雅姿著
226	青少年詩話	（新詩賞析）	蕭　蕭著
227	愛詩	（詩）	張　默著
228	從你美麗的流域	（散文）	張曉風著
229	大陸當代詩選	（詩）	洛夫·李元洛合編

爾雅出版社

臺北市郵政30—190號信箱
社址：臺北市中正區廈門街113巷33之1號 電傳：3657047
電話：3671021・3654036 郵政劃撥：0104925—1(郵購九折)

183	作家的影象	(攝影)	徐宏義攝
184	單車上的時光	(短篇小說)	王令嫻著
185	極短篇美學	(評論)	瘂弦等著
186	台灣詩人散論	(評論)	沈　奇著
187	蝴蝶樹	(散文)	喻麗清著
188	交會時互放的光亮	(散文)	陳幸蕙著
189	十句話(第四集)	(小品)	張　默編
190	光陰的故事	(短篇小說)	隱　地編
191	給年輕的你	(小品)	愛　亞著
192	大度・山	(散文)	蔣　勳著
193	洋飯二吃	(短篇小說)	周腓力著
194	路	(小詩)	非　馬著
195	異鄉的微笑	(散文・小說)	莿　棘著
196	一杯半咖啡	(散文)	劉安諾著
197	小詩選讀	(新詩賞析)	張默編著
198	靜靜的聽	(散文)	林海音著
199	時光九篇	(詩)	席慕蓉著
200	人啊人	(哲理小品)	隱　地著
201	愛　亞極短篇	(小小說)	愛　亞著
202	鍾　玲極短篇	(小小說)	鍾　玲著
203	雷　驤極短篇	(小小說)	雷　驤著

國家圖書館出版品預行編目資料

新詩的智慧／吳當著. --初版. --臺北市：
爾雅，民86
面；　公分. --(爾雅叢書；129)
ISBN 957-639-217-9(平裝)

1. 中國詩 - 民國38- 年(1949-) - 評論

821.88　　86000851

爾雅題字：王北岳　爾雅篆印：張慕漁

封面設計：曾堯生

新詩的智慧（爾雅叢書之129）

作　者：吳當
校　對：吳當・柯書湘・彭碧君
發行人：柯青華
出版・發行：爾雅出版社有限公司
（本書獲行政院文化建設委員會贊助出版）
臺北郵政三〇—一九〇號信箱
臺北市中正區
廈門街一一三巷三十三之一號
電話：三六五四〇三六　電傳：三六五七〇四七
郵政劃撥：〇一〇〇四九二五～一
法律顧問：蕭雄淋律師
臺北市師大路八十六巷十五號一樓
印刷者：崇寶印刷廠有限公司
三重市三和路四段八九巷四號
電腦排版：龍虎電腦排版股份有限公司
台北市和平西路一段一二二號五樓
電話：三六五〇五六一　電傳：三六五〇四六一・三六五〇四八四
一九九七（民八六）年二月一日初版
行政院新聞局版臺業字第〇二六五號
定價160元（如有破損或裝訂錯誤請寄回本社更換）

ISBN 957-639-217-9

噴泉書展

芳瑜 97.六.26